中国现代《诗经》学经典文丛

王长华 董素山 主编

《诗经》研究

谢无量 著

刘静 整理

河北出版传媒集团
河北教育出版社

图书在版编目（CIP）数据

《诗经》研究/谢无量著；刘静整理. -- 石家庄：河北教育出版社, 2025.3. -- (中国现代《诗经》学经典文丛/王长华，董素山主编). -- ISBN 978-7-5545-8994-6

Ⅰ.I207.222

中国国家版本馆CIP数据核字第2024M0N079号

《诗经》研究

SHIJING YANJIU

主　　编	王长华　董素山
作　　者	谢无量
整　　理	刘　静
责任编辑	张　静　易　纲
装帧设计	于　越
出版发行	河北出版传媒集团
	河北教育出版社　http://www.hbep.com
	（石家庄市联盟路705号，050061）
印　　制	河北清静堂印刷有限公司
开　　本	890mm×1240mm　1/32
印　　张	5
字　　数	90千字
版　　次	2025年3月第1版
印　　次	2025年3月第1次印刷
书　　号	ISBN 978-7-5545-8994-6
定　　价	45.00元

版权所有，翻印必究

丛书编委会

主　编　王长华　董素山

副主编　汪雅瑛　马海霞

编委会（按姓氏笔画排序）

　　　　马银琴　王承略　刘立志　刘跃进

　　　　杜志勇　李　山　张　育　易卫华

　　　　贾雪静　詹福瑞

总　序

◎王长华

　　伴随着40年中国学术研究整体上的飞速发展,《诗经》学研究这一学术分支也取得了此前罕有的进步和引人瞩目的成绩。不过,在《诗经》学内部,相对于古代《诗经》学史研究的全方位推进,现代《诗经》学的研究显得还不那么充分,它还存在很多有待开垦和研究的区域与空间。正是基于对这一现实状况的基本判断,河北教育出版社领导与《诗经》学界有关专家学者经过认真研讨磋商,决定编辑出版这套"中国现代《诗经》学经典文丛"。

　　所谓"现代"是个历史概念,学界一般认为学术史的"现代"起自1911年辛亥革命之后,截止于1949年10月1

日中华人民共和国成立,这段时间屈指算来还不足40个年头。就是在这短短的不到40年的历史时段中,中国《诗经》学研究发生了前所未有的堪称翻天覆地的巨大变化,涌现出了一批学术名家著成的《诗经》研究名作。

追溯历史,自汉代初年开始直到20世纪初清王朝结束,《诗经》在长达两千多年的时间里一直都占居"经"之地位,历代《诗经》研究者当然也必须遵从经学研究的家法和路数来解读它和阐释它,其间虽在宋代和明后期短时间内出现过部分学者突破经学藩篱,直陈《诗经》一些篇章里包含有普通人的情感而由此呈现出文学元素,但这些研究终究未能真正成为那个时代《诗经》研究的主流。历史进入现代,随着西学东渐历史大势的发生,一批留学欧美和日本,深受西方学术思想影响和饱经西方学术训练的学者归国,从此,中国《诗经》学研究翻开了新的篇章,这批学术新锐由初登文坛的青年才俊而迅速茁壮成长为书写《诗经》研究新历史篇章的著名学者,如章太炎、王国维、梁启超、胡适、郭沫若、闻一多,以及傅斯年、顾颉刚、谢无量等,他们各自携带自己成熟或不太成熟、措辞激烈或相对温和、直陈本心或舒缓抒情的著述,先后登上了中国《诗经》研究的历史舞台。于是,现代《诗经》学史上随之而陆续出现了诸名家基于对中国传统文化的批判、对中国文化现实的改造以及对中国文化未来命运重塑的初心,以《诗经》为突破口,渐次发起了白话文运动、东西文化论战、整理国故运动等与社会变革息息相关的一系列探究和争鸣，他们无所顾忌地引进和使用西方的学术理念和学术思想，恣意大胆地对《诗经》进行重新看待、重新定位和重新评价，其中涉及的问题包括《诗经》的作者、《诗经》的结集、《诗经》的性质、《诗经》中的赋比兴、《毛序》的作者及性质、《诗经》与白话、《诗经》与民歌等。

  在看似纷繁复杂的现代《诗经》学40年历史变迁中，我们如果细心梳理分析，就不难发现这些学者名家几乎是始终如一地坚持了一个本心，那就是把两千多年的经学的《诗经》判定为文学的《诗经》，把诗篇文本中描绘的神圣的历史圣王圣迹判定为平民百姓的日常生活。从学术逻辑看，这段历史先后经过了把《诗经》还原为历史，再把历史定性为史料，之后又由史料平移而命名为文学，从而最终抵达了他们认为《诗经》原本应该抵达的终点。其实，视《诗经》为文学，不仅是中国现代史上学者们的使命，1949年进入当代以后，《诗经》学界的绝大部分学者所从事的《诗经》研究工作仍然继续坚持了这一方向。历史一再证明，同时代人无法完全跳出身处的时代真正看清自己的作为和理性评判自己的功过。让《诗经》研究摒弃经学而走向文学，是现代《诗经》学40年的最突出贡献。这套丛书所展示的就是历史上这40年里诸名家有代表性的学术成果。是非功过，期待有更多读者参与的更长时段的历史作出鉴定。

需要说明的是，学术的发展原本不会完全随着政治的变换和历史断代的变化而变迁，它除了随历史而变动，同时还固执地持守自身的变化和发展逻辑。所以，我们在本丛书中，除了收有1911年到1949年的《诗经》名家代表作外，还收入了部分属于清末学者的有代表性的著作，以此呈现一个历史阶段学术变迁的完整性。另外，此次出版这套丛书，整理者主要做了四方面工作：一是变竖排为横排；二是变繁体为简体；三是加新式标点；四是修订原书中的误植字。而由于时代变迁彼时以为对此时颇觉可商的用字、用词，以及一些带有方言色彩的习惯性表述，我们本着还原历史、尊重原著者的原则，均不作改动，一仍其旧。此心此意，尚祈读者诸君明鉴。

2024年8月20日初稿

2025年元月3日改定

目 录

第一章 《诗经》总论 / 001

第一节 《诗经》的来历 / 001

第二节 《诗经》的义例及诗序与篇次 / 010

第三节 《诗经》学的流传及注家的研究 / 034

第二章 《诗经》与当时社会之情势 / 050

第一节 古代固有之思想 / 050

第二节 国家制度与《诗经》/ 057

第三节 家族礼制与《诗经》/ 065

第三章 《诗经》的历史上考证 / 068

第一节 周室史证（包括周南、召南、王风、豳风的诗）/ 068

第二节　邶、鄘、卫史证　/ 082

　　第三节　郑风史证　/ 086

　　第四节　齐风史证　/ 092

　　第五节　晋诗（魏风、唐风）史证　/ 094

　　第六节　秦风史证　/ 103

　　第七节　陈风史证　/ 106

　　第八节　桧、曹史证　/ 109

第四章　《诗经》的道德观　/ 114

　　第一节　关于家庭的道德　/ 114

　　第二节　关于个人的道德　/ 122

　　第三节　关于国家的道德　/ 126

第五章　《诗经》的文艺观　/ 132

　　第一节　诗形及诗韵　/ 132

　　第二节　《诗经》的修辞法　/ 138

第一章 《诗经》总论①

第一节 《诗经》的来历

《诗经》在当时,是有诗以来的第一部大总集。要知这一部大总集的来历,当要先晓得诗的来历。古文"诗"作"訨",从言从㞢(之)。所以《诗大序》说:"诗者,志之所之也。在心为志,发言为诗。"诗是人类性情中自然所发出,故其起原,必然甚早。有人主张,文学起原,韵文当在散文之先。但吾国最古时代,究竟何时方有诗?郑玄《诗谱序》说:

> 诗之兴也,谅不于上皇之世,大庭、轩辕,逮于高辛,其时有亡,载籍亦蔑云焉。《虞书》曰:"诗言志,歌永言,声依永,律和声。"然则诗之道,放

---

① 整理者按:本书根据商务印书馆1923年版整理。

于此乎？

孔颖达《毛诗正义》，解释郑意，颇为明了。其说曰：

> 上皇谓伏羲，三皇之最先者，故谓之上皇。郑知于时信无诗者，上皇之时，举代淳朴，……故知尔时，未有诗咏。……大庭，神农之别号。大庭、轩辕，疑其有诗者，大庭以还，渐有乐器。乐器之音，逐人为辞，则是为诗之渐，故疑有之也。……《郊特牲》云："伊耆氏始为蜡。"蜡者，为田报祭。案《易·系辞》称①农始作耒耜，以教天下，则田②起神农矣。二者相推，伊耆、神农，并与大庭为一。大庭有鼓籥之器，黄帝有《云门》之乐。至周尚有《云门》，明其声音和集。既能和集，必不空弦。弦之所歌，即是诗也。

郑玄因《虞书》有"诗言志"一句，故以为"诗道放于此时"，虞以前则并作为疑词。孔颖达就说神农时已有诗了。如伊耆氏果是神农，《礼记》载有伊耆氏《蜡词》一篇。其辞曰："土反其宅，水归其壑，昆虫毋作，草木归其宅。"也可以

---

① 整理者按：原书误作"神"。
② 整理者按：原书误作"腊"。

说他是诗的滥觞。虞夏以后，渐有采诗之官。周时太师掌六诗，其征求方法，亦较之前代，格外完备。每岁孟春，行人振木铎巡行采诗。庐巷之间，又规定老年男女若干人，坐办采诗之事。所采的诗，由乡以达于邑，由邑以达于国。王者五载一巡狩，与太史、太师同车。太师即进陈所采之诗，以观民风，国史则录其世次。此种用意，在使王者遍观各地诗歌，晓得些风俗人情。庶几下情不至壅于上达，故曰"王者不窥户牖而知天下"。但因此一来，周时所存的诗，便格外多了。

现时的《诗经》，止有三百五篇。学者每疑周时存诗，不止此数。又《诗经》以外，往往有逸诗流传，故说者以为这部《诗经》的规模是经孔子拿古时所存的诗加以删定的；现时的《诗经》就是孔子的删本。孔子在《论语》上说：

吾自卫反鲁，然后乐正。雅、颂各得其所。

太史公即以此为孔子删《诗》的根据。《史记·孔子世家》说：

孔子语鲁太师，吾自卫反鲁，然后乐正。雅、颂各得其所。古者《诗》三千余篇，及至孔子，去其重，取可施于礼义。上采契、后稷，中述殷、周之盛，至幽、厉之缺，始于衽席。故曰：《关雎》之乱，以为风始；《鹿鸣》为小雅始；《文王》为大雅始；《清庙》为颂始。三百五篇，孔子皆弦歌之，以求合韶、武、雅、颂之音。礼乐自此可得而述，以备王道，成六艺。

就太史公所说，古有存诗三千余篇，孔子删为今本。而孔子删《诗》，有两种旨趣：（一）"去其重"（去其重复，即删削之意）；（二）"可施于礼义"（取可以劝戒，求合雅、颂、韶、武之音）。此说一出，毛、郑、朱诸家，多本此解释。然考证家则有渐疑太史公之说为不实者。其疑点有四：

（一）孔子删古诗三千余篇，为三百余篇。此说仅见《史记》，孔子未尝自言。

（二）如孔子果删三千为三百，是对于古诗，十分删去九分，未免所删太多。

（三）孔子重在风教，何为存郑卫淫诗？

（四）周太史官采诗近五百年，当时有一千八百国。何以《诗经》多载后二百年之诗，且仅限九国？

对于孔子删《诗》之怀疑，不出以上四点。清江慎修则直以太史公为妄。其说曰：

> 夫子未尝删《诗》，《诗》亦自有淫声。而《世家》云："古者《诗》三千余篇，孔子去其重可施于礼义，三百五篇。孔子皆弦歌之，以求合韶、武、雅、颂之音。"此史迁之妄说。（江永《乡党图考》二）

江氏所说，即系上列疑点中第三条。以为孔子如果删《诗》，则《诗经》中淫荡之诗，当然绝迹。崔东壁亦否认孔子删《诗》，其立脚地又与江氏不同。其说曰：

> 孔子删《诗》孰言之？孔子未尝自言之也。《史记》言之耳。孔子曰"郑声淫"，是郑多淫诗也。孔子曰："诵《诗》三百"，是《诗》止有三百，孔子未尝删也。学者不信孔子所自言，而信他人之言，甚矣，其可怪也。（崔述《读风偶识》三）

> 旧说周太史掌采[①]列国之风，今自《邶》《鄘》以下十二《国风》，皆周太史巡行之所采也。余按克商以后，下逮陈灵近五百年，何以前三百年所采殊少，后二百年所采甚多？周之诸侯千八百国，何以

[①] 整理者按：原书误作"掌"。

独此九国有风可采，而其余皆无之？曰孔子所删也。然成康之世，治化大行，刑措不用，诸侯贤者必多。其民岂无称功颂德之词，何为尽删其盛，而独存其衰？伯禽之治，郇伯之功，亦卓卓者，岂尚不如郑卫，而反删此存彼，意何居焉？且十二国中，东迁以后之诗，居其大半，而《春秋》之策，虽微贱无不书者，何以绝不见采风之使？乃至《左传》之广搜博采而亦无之，则此言出于后人臆度无疑也。盖凡文章一道，美斯爱，爱斯传，乃天下之常理。故有作者即有传者。但世近则人多诵习，世远则就湮没。其国崇尚文学而鲜忌讳则传者多，反是则传者少。小邦弱国，偶遇文学之士，录而传之，亦有行于世者，否则遂失传耳。不然两汉、六朝、唐宋以来，并无采风太史，何以其诗亦传于后世也？（《读风偶识》二）

崔氏所说，即上列疑点中之第一条及第四条。以为孔子不自言删《诗》，又《诗》所以流传，全出爱好诵习偶然之事，不关有所删定。宋郑樵《删诗辨》，亦疑删《诗》。其说曰：

按书传所引之诗，见在者多，亡逸者少。则夫子之所录，不容十去其九。

此即上举疑点第二条，以为孔子未必如此果断，将古诗删得许多。

据以上几条，或不承认孔子删《诗》，或不承认古诗有三千余篇，或以为删《诗》何故只取九国之诗，或以为何故要取淫诗？此等意见，皆不免太拘了。今就《史记》调查当时诸侯之数。成王之世，只有七十余国。平王东迁后，兼并攘夺盛行，然与晋、齐、郑、宋、秦、陈、吴、鲁角逐并存者，大约不下三十国。倘周太史官巡行天下，在民间访求三千余篇之诗，在事实上似非绝对办不到。即各国不尽在周室统治之下，太史官如往访诗，亦未必遽加拒绝。是古诗不妨真有三千余篇。就使不及此数，当时必有许多诗，出于三百篇之外，是毫无可疑的了！至于何故仅取九国？则或系当时存于宫中，仅此数国之诗。吴在寿梦以前，未通中国。季札观乐，孔子时才八岁。乐工所奏，亦在十五国风中。《左传》记其事曰：

> 请观于周乐。使工为之歌《周南》《召南》。曰："美哉！始基之矣，犹未也，然勤而不怨矣。"为之歌《邶》《鄘》《卫》。曰："美哉，渊乎！忧而不困者也。吾闻卫康叔、武公之德如是，是其卫风乎？"

为之歌《王》。曰:"美哉! 思而不惧,其周之东乎?"为之歌《郑》。曰:"美哉! 其细已甚,民弗堪也。是其先亡乎?"为之歌《齐》。曰:"美哉,泱泱乎! 大风也哉! 表东海者,其太公乎? 国未可量也。"为之歌《豳》。曰:"美哉,荡乎! 乐而不淫,其周公之东乎?"为之歌《秦》。曰:"此之谓夏声,夫能夏则大,大之至也。其周之旧乎?"为之歌《魏》。曰:"美哉,沨沨乎! 大而婉,险而易行,以德辅此,则明主也。"为之歌《唐》。曰:"思深哉! 其有陶唐氏之遗民乎? 不然,何忧之远也? 非令德之后,孰能若是?"为之歌《陈》。曰:"国无主,其能久乎?"自《桧》以下,无讥焉。……

就《左传》所记以观,则今存之十五《国风》(实只九国),必非孔子特定之国。孔子不过就当时所存诸国之诗,略略加以删修罢了。至于说孔子删修以后,便不应存淫荡之诗,亦非通论。顾亭林曾论此事,所见最好。《日知录》曰:

孔子删《诗》,所以存列国之风也。有善有不善,兼而存之。犹古之太师,陈诗以观民风,而季札听之,以知其国之兴衰。正以二者之并陈,故可以观,可以听。世非二帝,时非上古,固不能使四方之风，有贞而无淫，有治而无乱也。文王之化，被于南国，而北鄙杀伐之声，文王不能化也。使其诗尚存而入夫子之删，必将存南音以系文王之风，存北音以系纣之风，而不容于没一也。是以《桑中》之篇，《溱洧》之作，夫子不删，志淫风也。《叔于田》为誉段之辞，《扬之水》《椒聊》为从沃之语，夫子不删，著乱本也。淫奔之诗，录之不一而足者，所以志其风之甚也。一国皆淫，而中有不变者焉，则亟录之。《将仲子》，畏人言也。《女曰鸡鸣》，相警以勤生也。《出其东门》，不慕乎色也。《衡门》，不愿外也。选其辞，比其音，去其烦且滥者，此夫子之所谓删也。后之拘儒，不达此旨，乃谓淫奔之作，不当录于圣人之经。是何异唐太子宏谓商臣弑君，不当载于《春秋》之策乎？

对于孔子删《诗》种种疑点，如孔子前存诗较多问题、仅取九国诗问题、五百年中多采后二百年诗问题、淫诗问题，细绎上说，均可次第解释。吾辈自不能不相对地承认孔子曾经删《诗》。不能不承认现在流传的诗篇最古之一部大总集——《诗经》，就是经孔子删定后贻留下来的了。

孔子向来主张述而不作，信而好古，故平日最热心古典之研究。又历聘各国，不能行其道。遂决然退居，思就古典文学,有所删述,传之后世。所以定《礼》《乐》,赞《周易》,修《春秋》。同时于古来所传之《诗》《书》,亦欲有所删订,此自意中之事。且孔子在群经中,对于《诗》之兴趣尤深。《论语》曰:"《诗》三百,一言以蔽之,曰'思无邪'。"又曰:"《关雎》乐而不淫,哀而不伤。"又曰:"诵《诗》三百,授之以政,不达,使于四方,不能专对,虽多,亦奚以为?"又曰:"学《诗》乎?不学《诗》,无以言。"又曰:"兴于《诗》,立于礼,成于乐。"

又曰:"子所雅言,《诗》、《书》、执礼,皆雅言也。"弟子中如子贡、子夏之贤才,始许以可与言《诗》。孔子因为删述群经,故应当删《诗》。又因为平日于《诗》兴趣最深,故应当删《诗》,这还用疑惑吗?

第二节 《诗经》的义例及诗序与篇次

(甲)六义及四始

《诗大序》说《诗》有六义:"一曰风,二曰赋,三曰比,四曰兴,五曰雅,六曰颂。"六义中风、雅、颂是就诗的性质上分类,赋、比、兴是就诗的体制上分类。赋、比、兴古来无多异说。如鹤林吴氏曰:"赋直而兴微,比显而兴隐。"颇得其要。赋譬如直叙其事,比即比喻,兴则托物以见意,如假托寓言之类。但比与兴二者,每难区别。毛公言兴与比而罕言赋。朱子就毛言兴者删去四十八条,又加入十九条。又谓比兴有时相兼。如云："《关雎》兴诗也，而兼于比。《绿衣》比诗也，而兼于兴。"总之，赋、比、兴的异说，不如风、雅、颂的异说之多。

大约古来论风、雅、颂者，其不同点有三：(一)就《诗》的体裁内容分别风、雅、颂。(二)就《诗》的作者分别风、雅、颂。(三)就《诗》的音调分别风、雅、颂。

(一)就《诗》的体裁内容分别风、雅、颂者。如《诗大序》说：

> 上以风化下，下以风刺上，主文而谲谏，言之者无罪，闻之者足以戒。故曰风。……是以一国之事系一人之本，谓之《风》；言天下之事，形四方之风，谓之《雅》。雅者，正也。言王政之所由兴废也。政有小大，故有《小雅》焉，有《大雅》焉。《颂》者，美盛德之形容，以其成功，告于神明者也。

(二)就《诗》的作者分别风、雅、颂者。如郑樵说：

> 《风》者出于土风，大概小夫、贱隶、妇人、女子之言，其意虽远，而其言浅近重复，故谓之《风》。雅者出朝廷士大夫，其言纯厚典则，其体抑

扬顿挫，非复小夫、贱隶、妇人、女子所能言者，故曰《雅》。《颂》者初无讽诵，惟以铺张勋德而已。其辞严，其声有节，不敢琐语艺言，以示有所尊，故曰《颂》。（《诗辨妄》）

朱子所见亦与此相同，其《诗经集注序》曰：

凡《诗》之所谓《风》者，多出于里巷歌谣之作，所谓男女相与咏歌，各言其情者也。……若夫《雅》《颂》之篇，则皆成周之世，朝廷郊庙乐歌之词。其语和而庄，其义宽而密，其作者往往圣人之徒，固所以为万世法程而不可易者也。

（三）以《诗》之音调分别风、雅、颂者。如惠周惕《诗说》曰：

风、雅、颂以音别也。雅有小大，义不存乎小大也。自《序》之言曰："雅者，王道所由废兴，政有小大，故《诗》有《小雅》，有《大雅》。"小大《雅》之名立，而辨难之端起矣。难之者曰："《常武》《六月》，同一征伐也。《卷阿》《鹿鸣》，同一求贤也。小大何以分耶？"解之者曰："《常武》王自亲征,《六月》不过命将,军容不同故也。《卷阿》为成王,《鹿鸣》为文王,天子诸侯尊卑有等故也。"难之者曰:"然则《江汉》宜在《小雅》,《成宣》宜在《大雅》,今何以或反之,或错陈之也。"其后朱晦翁谓①《小雅》燕飨之乐,《大雅》朝会之乐,受釐陈戒之辞。严华谷则谓明白正大直言其事者谓之雅,纯乎雅之体者为雅之大,杂乎风之体者为雅之小。章俊卿则谓风体语皆重复浅近,妇人女子能道之,雅则士君子为之也。《小雅》非复风之体,然亦间有重复,未至浑厚大醇,《大雅》则浑厚大醇矣。三家之说,朱氏于理为长,然犹未离乎《序》之所谓政也。《序》既以政为言,则大小必有所指,此辨难之所以纷纷也。按《乐记·师乙》曰:"广大而静,疏达而信者,宜歌《大雅》;恭俭而好礼者,宜歌《小雅》。"季札观乐,为之歌《小雅》,曰:"美哉,思而不贰,怨而不言。"为之歌《大雅》,曰:"广哉,熙熙乎,曲而有直体。"据此则大小二《雅》,当以音乐别之。不以政之大小论也。如律有大小吕,《诗》有大小《雅》②,义不存乎大小也。(下略)

---

① 整理者按:原书误漏"谓"。
② 整理者按:原书误作"明"。

宋程大昌《诗议》，以为古但有二《南》之称，无《国风》名目。故以《南》《雅》《颂》之名，代《风》《雅》《颂》。其论点有三：

（一）《论语》但说《南》《雅》《颂》，不说《风》《雅》《颂》。《诗议》曰：

> 《诗》有《南》《雅》《颂》，无《国风》。其曰《国风》者，非古也。夫子尝曰："《雅》《颂》各得其所。"又曰："人而不为《周南》《召南》。"未尝有言《国风》者。

（二）《左传》鲁襄公二十九年，"季札观乐"事，亦无国风名目。《诗议》曰：

> 左氏记季札观乐，历叙《周南》《召南》《小雅》《大雅》《颂》，凡其名称与今无异。至列序诸国，自《邶》至《豳》，其数凡十有三，率皆单纪国土，无今《国风》品目也。

（三）《南》《雅》《颂》是乐诗，《风》是徒诗。《诗议》曰：

盖《南》《雅》《颂》，乐名也。若今乐曲之在某官者也。《南》有《周》《召》，《颂》有《周》《鲁》《商》。本其所从得，而还以系其国土也。二《雅》独无所系，以其纯当周世，无用标别也。……若夫《邶》《鄘》《卫》《王》《郑》《齐》《魏》《唐》《秦》《陈》《桧》《曹》《豳》，此十三国者，诗皆可采，而声不入乐。则直以徒诗著之本土。

程氏更以《国风》名目，始于左氏、荀子，成于《诗序》。《左传》有"《风》有《采蘩》《采蘋》"之文。左氏非左丘明，其书晚出。荀子学《诗》浮丘伯，见《左传·季札观乐》，有"其《卫风》乎""泱泱乎大风也乎"等语，遂漫于十三国徒诗之上，冠以"风"字。传之申公，汉代学者奉之。《诗序》因据以立《国风》名目。这就是程大昌欲以《南》《雅》《颂》代《风》《雅》《颂》的大概。

二《南》亦诸说不一，郑玄《谱》以二《南》为《风》之正经。其说曰：

> 其时《诗》，《风》有《周南》《召南》。《雅》有《鹿鸣》《文王》之属。……谓之《诗》之正经。
> 其得圣人之化者，谓之《周南》。得贤人之化者，谓之《召南》。言二公之德教，自岐而行于南国

也。乃弃其余,谓此为《风》之正经。

朱子亦宗郑说。《诗经集注序》曰:

> 惟《周南》《召南》,亲被文王之化以成德,而人皆有以得其性情之正。故发于言者,乐而不过于淫,哀而不及于伤。是以二篇独为《风》诗之正经。

程大昌以《南》《雅》《颂》共为乐名。其说曰:

> 《语》曰:"夫子自卫反鲁,然后乐正。《雅》《颂》各得其所。"其《雅》《颂》得所于乐正之后,非乐而何?子谓伯鱼曰:"女为《周南》《召南》矣乎?"为之为言,有作之义。既曰作,则翕纯皦绎,有器有声,非但歌咏而已。夫在乐为作乐,在南为鼓南。质之《论语》,则如三年不为乐之为。吾是以合而言之,知二《南》、二《雅》、三《颂》之为乐无疑也。

清之崔述,又主张风自是风,二《南》不过诗之一体。其说曰:

向来诸儒，所以务训二《南》为文王时诗者，皆由不解《风》《雅》之分。但见东迁以后，雅音断绝，降为《王风》，因误以《雅》为天子之诗，《风》为侯国之咏。遂谓克商以前诗为二《南》，克商以后诗为二《雅》，东迁以后诗为《王风》。故以二《南》必在文王之世耳。不知《风》《雅》之分，分于诗体，不以天子与诸侯也。天子之畿，未尝无《风》，诸侯之国，亦间有《雅》。故《豳》亦王国诗也，乃不为《雅》而为《风》。宾筵、抑戒、卫武公之诗也，列于二《雅》。盖由西周盛时，方尚《大雅》，故《风》与《小雅》，皆不甚流传。惟《周南·关雎》之三，《召南·鹊巢》之三，与《麟趾》《驺虞》及《鹿鸣》《鱼丽》等篇，乃燕射时所歌，是以人皆习之而流传于世。此外或有一二传者，然亦仅矣。其后《大雅》渐衰，《小雅》始盛。《小雅》又衰而《风》始著。是以盛世之音少，衰世之作多。非天子之畿，其诗皆当为《雅》，而不得为《风》与《南》也。且南者乃诗之一体，《序》以为化自北而南亦非是。江、沱、汝、汉，皆在岐周之东，当云自西而东，岂得云自北而南乎？盖其体本起于南方，北人效之，故名以《南》。自武王之世，下逮东周，其诗而雅也，则列之于《雅》，风也列之于《风》，南也即列之于《南》,如是而已,不以天子诸侯分也。
(《读风偶识》一)

风、雅之正变,雅之大小,亦有数说。以世之治乱分正变,政之大小分大小者,如《诗大序》说:

> 至于王道衰,礼义废,政教失,国异政,家殊俗,而变《风》、变《雅》作矣。国史明乎得失之迹,伤人伦之废,哀刑政之苛,吟咏情性,以风其上。达于事变而怀其旧俗者也。故变《风》发乎情,止乎礼义。发乎情,民之性也。止乎礼义,先王之泽也。雅者正也。言王政所由废兴也。政有小大,故有《小雅》焉,有《大雅》焉。

朱子对于正变之说,亦大约与《诗大序》同。《诗经集注序》曰:

> 是以二篇(《周》《召》)独有《风》诗之正经。自《邶》而下,则其国之治乱不同,人之贤否亦异。其所感而发者,有邪正是非之不齐,而所谓先王之《风》者,于此焉变矣。

但朱子未说大小《雅》如何分别。严粲主张雅名大小，是体之不同。其说曰：

> 雅之大小，特以体之不同耳。盖优柔委曲，道在言外，风之体也。明白正大，直言其事，雅之体也。纯乎雅之体者为雅之大，杂乎风之体者为雅之小。(《诗缉》)

惠周惕说风、雅、颂皆以音分别，大小《雅》亦是音有不同，其说已引在上面。但惠氏又谓正变由于美刺。《诗说》曰：

> 正变之说，出于《大序》，而文中子取以说《豳风》，其后诸儒皆从之。渔仲始倡风雅无正变之论，而叶氏、章氏因之。二者反覆，莫能相一。以余观之，正变犹美刺也。《诗》有美不能无刺，故有正不能无变。以其略言之，如美卫武，美郑武，美周公，美宣王，刺郑庄，刺时，刺乱，刺宣王，刺幽、厉，此显言美刺者也。如庄姜伤己，闵无臣，思周道，大夫闵周，卫女思归，思君子，南征复古，此隐言美刺者也。美者可以为劝，刺者可以为惩，故正变俱录之。编《诗》先后，因乎时代。故正变错

陈之。若谓诗无正变，则作诗无美刺之分，不可也。谓《周》《召》为正，十三《国风》为变，《鹿鸣》以下为正，《六月》以下为变，《文王》以下为正，《民劳》以下为变，则《序》所谓美与刺者，俱无以处之，亦不可也。

崔述不主张风有正变。其说曰：

说《毛诗》者，以二《南》为正风，十三国为变风。余按《七月》一篇，乃周王业之所自基，《东山》《破斧》，敌王所忾，劳而不怨，非盛治之世，安能有此？此固不得谓之变也。《淇澳》以睿圣得民，《缁衣》以好贤开国，《鸡鸣》之勤昧爽，《蟋蟀》之戒逸游，皆足以见君德民风之美，何所见其当为变风也者？盖春秋之世，距成康时渐远，故其诗佚者较多。且当周初方尚《大雅》，故《风》与《小雅》，皆不甚流传。雅音渐衰而风始著，是以衰世诗多，盛世诗少。初未尝以正变分也。惟二《南》中《关雎》《鹊巢》之三，与《麟趾》《驺虞》，以燕射时所歌，故不至于逸耳。安得因此数篇，遂断以二《南》为正风，十三国为变风也哉？且即衰世亦未尝无颂美之诗。若《定之方中》纪卫文之新政，

《鸤鸠》美淑人之正国，以及《干旄》之下贤、《羔裘》之直节、《无衣》之勤王，较之《行露》《野有死麕①》之诗，果孰优而孰劣？即《君子行役》之"苟无饥渴"，亦何异于《卷耳》之"寘彼周行"？《出其东门》之"匪我思存"，岂不胜于《汉广》之"言秣②其马"？何所见而此当为正彼当为变乎？郑渔仲曰："风有正变，仲尼未尝言，而他经不载焉。独出于《诗序》。《缁衣》之美武公，《驷驖③》《小戎》之美襄公，亦可谓之变风乎？"其说是矣。然又为变之正之说以斡旋之，则犹未免依违于两可也。朱子言正变之说，经无明文可考，然亦姑从《序》说，吾不知其为何故也。（《读风偶识》二）

此外各家所说甚多，纷纷聚讼，要不出以上几种主张，故亦不必遍引了。但就大体上说，《风》之目的，在考察诸国民情，其入选者，自多小夫贱隶之作，多琐亵之词，多一人一家之私事。《雅》之目的，是朝臣相戒，整饬纲纪，故其作者多士大夫，其体明白正大，其内容关于王道消长、国家隆替。《颂》之目的，在彰显祖先，颂美盛德，其作者亦多士

---

① 整理者按：原书误作"野麕"。
② 整理者按：原书误作"秩"。
③ 整理者按：原书误作"镳"。

夫，其体庄严郑重。若同时以《风》《雅》《颂》谱入乐曲中，《风》自不免有俚俗之音，而《雅》《颂》之典丽堂皇，亦不待论。诸家之说，虽显有异同，然果能观其会通，又何尝不各有所当呢？程大昌、崔述二《南》之说，无大关系。就令《风》《南》《雅》《颂》四者并立，《南》确另为一体。不知《南》与《风》《雅》，究竟有何分别？崔述谓："其体起于南方，而北人效之。"此似本之《吕览》。《吕览》谓："涂山氏女，实始作南音，周公、召公取风焉，以为《周南》《召南》。"但与《诗序》之"文王之化，自北而南"绝对相反，只可存疑。至于正变大小之说，《大序》不过浑言时代之推移，吟咏亦多失其常调，不须过于拘泥划分，自然可以减除争论不少了。

"六义"虽自古所有，然在《风》《雅》《颂》中，选录四诗，以为篇首，说诗者谓之"四始"，且以其义出于孔子。《史记》特为表出曰："《关雎》之乱，以为《风》始，《鹿鸣》为《小雅》始，《文王》为《大雅》始，《清庙》为《颂》始。"郑《笺》云："始者，王道兴衰之所由。"《正义》以为此四者是人君兴废之始，故谓之四始。惟《齐诗》所说四始独异，当俟后章附见。

（乙）《诗序》与其作者

古有四家诗，《齐诗》无序。《唐书·艺文志》载："《韩诗》，卜商序，韩婴注，二十二卷。"清《四库全书总目》"诗序二卷"条下云:"观蔡邕本治《鲁诗》,而所作独断,载《周颂》三十一篇之序,皆只有首二句,与《毛序》文有详略,而大旨则同。"郑樵谓:《鲁诗》之序,有无未可知。"盖《鲁诗》西晋时已亡,《韩诗》亡于北宋(现仅传《韩诗外传》),现在只有《毛诗序》存在,故仅能就《毛诗序》加以考证。

今所传《毛诗》,各诗之首皆有序,道诗中大意。惟《关雎》一篇序文,是概说全经。故《关雎序》之全文。谓之"大序"。《葛覃①》以下各诗之序,谓之"小序"。郑君以下,汉唐学者,无不尊重《诗序》,宋儒始渐渐怀疑。或疑所序事实不确,或疑其作者,辨论颇为不少。

《诗序》之作者究为何人?郑玄《诗谱序》曰:"《大序》子夏作,《小序》子夏、毛公合作。"王肃《家语注》曰:"子夏所序《诗》,即今《毛诗序》。"《后汉书·儒林传》云:"卫宏受学谢曼卿,作《诗序》。"《隋书·经籍志》云:"《诗序》子夏所创,毛公及卫宏,又加润益。"韩愈独云:"子夏不序《诗》。"成伯玙云:"子夏惟裁初句,以下出于毛公。"王安石谓:"《诗序》为诗人所自制。"程明道以"《小序》为国史之旧文,《大序》为孔子作"。王得臣云:"《诗序》首句,即孔子所题者。"曹粹中云:"《毛传》初行,尚未有序。其后门人互相传授,各记其师说。"其后郑樵著《诗辨妄》,周安著《非郑樵〈诗辨

---

① 整理者按:原书误作"累"。

妄》》，以及王质、朱子、吕祖谦、陈傅良、叶适等，乃至清之顾亭林、崔东壁，均于大小序作者问题，多所致辩。据以上诸述，则所鉴定为《诗序》之作者，已有孔子、子夏、毛公、卫宏、采诗之史官，及诗人自作等说。欧阳修《序问》及郑樵《诗辨妄》，力辟孔子、子夏作《诗序》之非。《序问》曰：

> 或谓："《诗》之《序》卜商作乎？卫宏作乎？非二人之作，则作者其谁乎？"应之曰："《书》《春秋》皆有《序》而著其名氏，故可知其作者。《诗》之《序》不著其名字，安得而知之乎？虽然，非子夏之作，则可以知也。"曰："何以知之？"应之曰："子夏亲受学于孔子，宜其得《诗》之大旨。其言风、雅有正变，而论《关雎》《鹊巢》，系之周公、召公。使子夏而序《诗》，不为此言。"

郑樵《诗序辨①》曰：

> 或者曰："《大序》作于子夏，《小序》作于毛公。"此说非也。《序》有《郑注》而无郑《笺》，其不作于子夏明矣。毛公于诗，第为之传，其不作

---

① 整理者按：原书误作"序诗辨"。

《序》又明矣。……谓《大序》作于圣人非也。……或者曰："《序》之辞委曲明白，非宏所能为。"曰："使宏凿空为之，虽孔子亦不能。使宏诵诗说为之，则虽宏有余。"……今观《序》有专取诸书之文至数句者，有杂取诸家之说而辞不坚决者，有委曲宛转附经以成其义者。

欧阳子以作《序》者，多不得《诗》之真意，断为非如子夏之贤者所作。其非孔子所作，尤不言可喻。郑樵则以《诗序》有郑注无郑《笺》，可见非子夏作。又以《序》中每引后代诸书文字，定为非孔子作。然则作《诗序》者，当是毛公。程大昌、郑樵均不主此说。曹粹中《诗说》所论，更较确当。盖据《召南·羔羊》《曹风·鸤鸠》《卫风·君子偕老》三篇，《序》意与《毛传》意大相背驰。因谓：

《传》意、《序》意不相应，《序》若出于毛，安得自相违戾？

如是则《诗序》又并非毛公作。郑樵乃推论及当时之采诗史官，疑其为《诗序》作者。其说曰：

且夫《诗》之有《序》，亦非一世一人之所能为也。采诗之官,本其得于何地,审其出于何人,究其主于何事。具有实状,致之太师,上之国史。国史于是采案所以,缀辞其端,而藏诸有司。是以有发端两语,而后世得目以为古序也。(《诗辨妄》)

程子亦有此意,但不如郑氏之详。然崔述驳之曰:

各篇之《序》,失《诗》意者甚多,其文亦殊不类三代之文。况变风多在春秋之世。当时王室微弱,太史何尝有至列国而采风者?《春秋》经传,概可见也。以为太史所题,诬矣。(《读风偶识》一)

《诗序》为太史所题,又不可信。于是王安石乃谓《诗序》是诗人所自制。此说古来未闻有人辨驳,岂非以其无辨驳之价值吗?三百篇之诗,作者数百人。有出于士大夫,有出于贱隶妇女,时代又历千有余年。倘《诗序》均系诗人自制,其体格文气,断无一律之理。王安石之说,是万不能成立了。

然则《诗序》毕竟何人作?今据考查之结果定之,当以卫宏所作为近。请先列举其证论如下:

一、《诗序》每有不了诗意,文解支离,决非接近诗人时代之人所作。《国风·定之方中》,在《载驰》之前。"我送舅氏",在《黄鸟》之后,其词意一为美,一为刺。《诗序》但盲从篇次，不了其义。又所取篇名及其解释，亦时有可笑处。程大昌曰："《荡》之诗以'荡荡上帝'发语，《召旻》之诗以'旻天疾威'发语。今《序》因名其篇以《荡》，乃曰'天下荡无纲纪'。又曰'旻，闵也'，闵天下无如召公之臣也。此皆不可通者。"此说甚有见地。且《序》文浅弱，不类三代之文。故决定其人不惟去作诗者之时代已远，即去删诗之时代亦甚远。

二、《诗序》断非汉以前之作。《序》中，"情动于中而形于言，言之不足，故嗟叹之"语出《乐记》。"成王未知周公之志，公乃为诗以遗王。"语出《金縢》。"自微子至于戴公，其间礼乐废坏。"语出《国语》。"古者长民衣服不二，从容有常，以齐其民。"语出《公孙尼子》。此等诸书，多在汉代乃行于世。《诗序》必汉时人作，故多引其文。由春秋末至汉初，传经家多齐鲁之人。今日所传之《诗序》，若真出在汉以前，则必先载在《齐诗》《鲁诗》中了。《齐诗》既无《序》，《鲁诗》有《序》与否不可知。汉文所引《鲁诗》，其解诗意多与《序》不合，都是《诗序》汉后始出的铁证。

三、《诗序》是一人之作，断非二人以上之作。《诗序》每篇句义相承，章法井然，其词调体格，首尾完密。一望而知为出于一人之手。

自以上三种论证观察，已可断定《诗序》之作者，非先汉之人，亦非二人以上之作。然就汉代经学家物色，何故以为出于卫宏？盖《史记》成时，《毛诗》并未出世。《汉书》虽有《毛诗》名称，却无作《序》明文。惟《后汉书·儒林传》，始记有卫宏作《毛诗序》一事。《后汉书》曰：

> 谢曼卿善《毛诗》，乃为其训。宏从曼卿受学，因作《毛诗》之《序》。善得风雅之旨，于今传于世。

《毛诗》别无他《序》，故今《诗序》当即卫宏所作。范晔去汉不远，有此明文，更无可疑。或以《诗序》如果卫宏所作，将使《诗经》声价大减。不知《诗序》纰缪百出，往往失去古诗本意。学者倘误认为子夏、毛公之作，不加攻击，岂不真令《诗经》声价大减吗？

（丙）篇目的次第

现在《毛诗》篇目的次第，首以《周》《召》二《南》《邶》《鄘》《卫》《王》《郑》《齐》《魏》《唐》《秦》《陈》《桧》《曹》《豳》十三《国风》，中间就是大、小《雅》，末就是《周》《鲁》《商》三《颂》。郑樵《诗辨妄》中《豳风辨》说：

> 《周》《召》《邶》《鄘》《卫》《王》《洛》《郑》《洛邑》《齐》《豳》《秦》《魏》《唐》《陈》《曹》，此夫子未删之前，季札观周乐《国风》之次第也。

《周》《召》《邶》《鄘》《王》《郑》《齐》《魏》《唐》《陈》《秦》《桧》《曹》《豳》，此今《国风》诗之次第。

章俊卿《序诗次论》中，引欧阳修的话说：

> 《周》《召》，《风》之正经，固当为首。自《周》而下，十有余国，编次先后，旧无明说。欧阳氏曰："《周南》《召南》《邶》《鄘》《王》《卫》《郑》《齐》《豳》《魏》《唐》《陈》《曹》，此孔子未删之前，周太师乐歌之次第也。《周》《召》《邶》《鄘》《卫》《王》《郑》《齐》《魏》《唐》《陈》《桧》《曹》《豳》，此今《诗》次第也。《周》《召》《邶》《鄘》《卫》《桧》《郑》《齐》《魏》《唐》《秦》《陈》《曹》《豳》《王》，此郑氏《诗谱》次第也。"

两说互有异同。究竟这种篇目次第先后，是偶然的，或是编诗的人有意排列的？欧阳修《十五国次解[①]》说：

> 《国风》之号，起《周》终《豳》，皆有所以，

[①] 整理者按：原书误作"十五国风次解"。

圣人岂徒云哉？而明《诗》者，多泥于疏说而不通。或者又以为圣人之意，不在于先后之次，是皆不足为训法者。大抵《国风》之次，以两而合之，分其次，以为比，则贤善者著，而丑恶者明矣。或曰："何如其谓之比乎？"曰："《周》《召》以浅深比也，《卫》《王》以世爵比也，《郑》《齐》以族氏比也，《魏》《唐》以土地比也，《秦》《陈》以祖裔比也，《桧》《曹》以美恶比也，《豳》能终之以正，故居末焉。"浅深云者，《周》德之深，故先于《召》。世爵云者，卫为纣都，而纣不能有之，周幽东迁，无异是也。加《卫》于先，明幽、纣之恶同，而不得近于正焉。姓族云者，周法尊其同姓，而异姓者为后，《郑》先于《齐》，其理然也。土地云者，魏本舜地，唐为尧封，以舜先尧，明昔之乱，非魏褊险之罪也。祖裔云者，陈不能兴舜，而襄公能大于秦，子孙之功，陈不如矣。穆姜卜而遇艮之随，乃引《文言》之辞，以为卦说。夫穆姜始筮时，去孔子之生尚十四年尔。是《文言》先于孔子而有乎？不然，《左氏》不为诞妄也。推此以迹其怪，则季札观乐之事，明白可验，而不足为疑矣。夫《黍离》以下，皆平王东迁、桓王失位之诗，是以列于《国风》，言其不足正也。借使周天子至甚无道，则周之乐工，敢以周王之诗，降同诸侯乎？是皆不近人情，不可为法者。昔孔子大圣人，其作《春秋》也，既微其辞，然犹不欲公传于人，第口授而已。况一乐工而敢明白彰显其君之恶哉？此又可验孔子分定为信也。本其事而推之以著其妄，庶不为无据云。

欧阳修单说《诗经·国风》各国的次第，是编诗者有意排列的。王安石又就《周南》一篇中每诗次第，说是编诗人有意排列的，他的《周南诗次解》说：

王者之治，始之于家。家之序，本于夫妇正。夫妇正者，在求有德之淑女为后妃，以配君子也。故始之以《关雎》。夫淑女所以有德者，其在家本于女工之事也。故次以《葛覃》。有女工之本，而后妃之职尽也。则当辅佐君子，求贤审官。求贤审官者，非所能专，有志而已。故次之以《卷耳》。有求贤审官之志以助治其外，则于其内治也，其能有嫉妒而不逮下乎？故次之以《樛木》。无嫉妒而逮下，则子孙众多，故次之以《螽斯》。子孙众多，由其不妒忌，则致国之妇人，亦化其上，则男女正，婚姻时，国无鳏民也。故次之以《桃夭》。国无鳏民，然后好德，贤人众多，故次之以《兔置》。好德贤人众多，是以室家和平，妇人乐有子，则后妃之美具矣。故次之以《芣苢》。后妃至于国之妇人乐有子者，由文王之化行，使南国江汉之人，无思犯礼，此德之广也。故次之以《汉广》。德之所及者广，则化行乎汝坟之国，能使妇人闵其君子，而勉之以正，故次之以《汝坟》。妇人能勉君子以正，则天下无犯非礼，虽衰世公子，皆能信厚，此《关雎》之应也。故次之以《麟之趾》焉。

章俊卿《诗序次论》，又通论《国风》及《雅》《颂》等次第，皆是有意的排列。其说曰：

《诗》正风，《周南》《召南》，王化之本也。二《南》之风变，故次之以《邶》《鄘》《卫》。卫一国也，而三其名，志卫首恶灭与国也。诸侯相并，王迹灭矣。《雅》亡而为一国之风，故次之以《王》。王制不足以统临天下，而畿内之诸侯若郑者，亦自为列国，故次之以《郑》。君臣上下之分失而人伦乱，故次之以《齐》。天下之风，至此则无不变之国。魏，舜禹之都，唐，帝尧之国，其遗风虽存，今亦变矣，故次之以《魏》《唐》。先代之风纪既泯，天下相胥而移矣，故次之以《秦》。西秦之化行，圣王之流风尽矣。陈，舜之后，风化所厚也，圣人之法典所在也，而今也风化熄而典法亡矣，故次之以《陈》。人情迫于危亡则思治安，故思治者，乱之极也，故次之以《桧》《曹》。乱既极，必有治之道，周家之始，盖尝由之矣，故次之以《豳》。言变之可正，所以识王业之兴也。王业成而为政于天下，故次之以《雅》。《雅》者，王之政也。小之先大，固有叙也。天下之治，始于正风，以风天下。其终也，功德可告于神明，终始之义也，故次之以《颂》。《颂》之有《鲁》，盖生于不足也。《商》则颂前代之美，不可废也，故附于其后。襄公二十九年，季札请观周乐于鲁，而《豳》居《秦》上，《秦》在《魏》前，《陈》在《唐》后，不能无差。盖是时《诗》未叙于圣人之手。哀公十一年，孔子自卫反鲁，然后乐正，《雅》《颂》各得其所。上距季札时，盖六十有二年。

欧阳修、章俊卿诸人的议论，无非说《诗经》篇目的次第，都是孔子有意排列的。王安石把《周南》每篇诗的次第，都说得先后相承，井井有条。我们不敢道他们所说的就与孔子编《诗》时的意思一般无二，但是我们也不能说孔子编《诗》，就是糊糊涂涂将他合拢起来，毫无一点用意于其间。

你看《雅》先于《颂》，二《南》《国风》先于《雅》，大约是以通俗平易的诗歌在前，典雅庄重的诗歌在后。《国风》的次序，是先以周室为主，旁及各国。这是我们容易看得出来的。甚么二《南》为《风》之正经的说法，《国风》为变风的说法，大小《雅》的说法，《豳》诗兼有《风》《雅》《颂》的说法，真是各人有各人的见解，我们也不能胜穷了。但现在《诗经》每诗次序，若以时代考证，往往先后倒置，不知是何缘故。譬如《绿衣》《日月》，庄姜失位时之诗，而次在前；《硕人》，庄姜初归时之诗，而次在后。他如此类者甚多。盖古诗流传久远，义解既复分歧，篇次恐亦不免时有错乱，说《诗》者哪能一一加以附会吗？

第三节 《诗经》学的流传及注家的研究

（甲）四家诗的传授

秦始皇烧六经，只有《诗经》因为人人口诵相传，未尝缺失。汉朝废了挟书的禁令。文帝以后，传《诗经》的，就有韩、鲁、齐三家。燕韩婴传《韩诗》，鲁申培传《鲁诗》，齐辕固传《齐诗》。《汉书·艺文志》：《韩诗》，有《韩故》三十六卷、《内传》四卷、《外传》六卷、《说》四十一卷。《鲁诗》有《鲁故》二十五卷、《说》二十八卷。《齐诗》有《齐后氏故》二十卷、《传》三十九卷、《孙氏故》二十七卷、《传》二十八卷、《杂记》十八卷。《隋书·经籍志》：《韩诗》

有《薛氏章句》二十二卷、汉侯苞《韩诗翼要》十卷、梁有《韩诗谱》一卷。《鲁诗》西晋时已亡,《齐诗》魏代已亡。韩氏直传到北宋时始亡,现在所存,只有《韩诗外传》了。兹据章如愚《山堂诗考三家诗传授图》,照录于下:

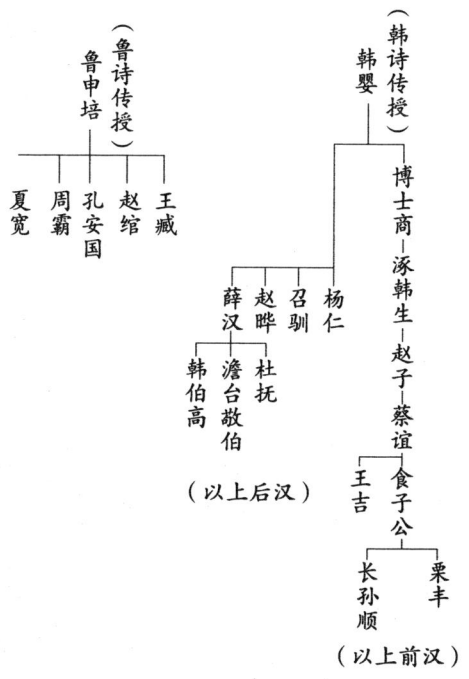

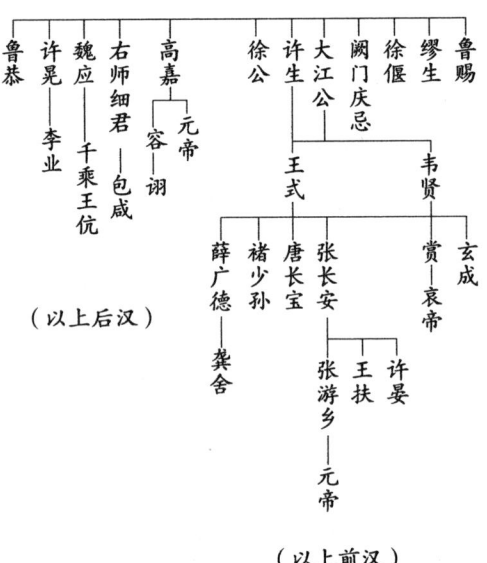

（以上前汉）

（以上后汉）

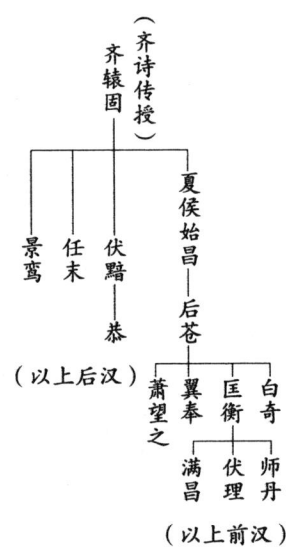

（以上前汉）

（以上后汉）

前汉时三家诗列在学官，好比现在学校教科书一般。《韩诗》起于韩婴，盛于王吉。《鲁诗》始于申培，盛于韦贤。《齐诗》始于辕固，盛于匡衡。别有毛公传《毛诗》，是由子夏传授下来的。子夏授高行子，高行子授薛仓子，薛仓子授帛妙子，帛妙子授河间人大毛公，大毛公序《毛诗》，以授赵人小毛公。一说子夏授鲁曾申，申授赵人李克，克传鲁人孟仲子，孟仲子传牟根子，牟根子传赵人孙卿子，孙卿子传鲁人大毛公。两说不知孰是孰非。但《毛诗》之学，是自郑玄以后才盛的。

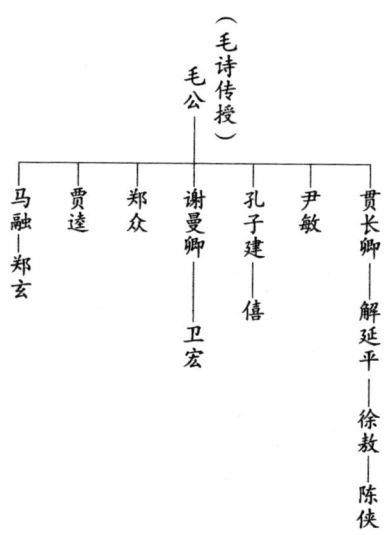

韩、齐、鲁三家诗，汉武帝时已列于学官。平帝时始加《毛诗》为四家诗。三家诗同《毛诗》的分别，有人说《毛

诗》有《序》，三家诗无《序》，此说不确。魏源《诗古微》辨之曰：

> 《水经注》引《韩诗·周南序》曰："其地在南郡南阳之间。"至诸家所引《韩诗》，如《关雎》，刺时也；《汉广》，说人也；《汝坟》，辞家也；《芣苢》，伤夫有恶疾也；《黍离》，伯封作也；《蝃蝀》，刺奔女也；《四月》，叹征役也；"閟宫有恤"，公子奚斯作也；《那》，美襄公也。皆与《毛诗》首语一例。则《韩诗》有《序》明矣。
>
> 《齐诗》最残缺，而张楫魏人习《齐诗》。其《上林赋注》曰："伐檀，刺贤者不遇明主也。"其为《齐诗》之《序》明矣。
>
> 刘向，楚元王孙，世传《鲁诗》。其《列女传》，以《芣苢》为蔡人妻作，《汝南》为周南大夫妻作，《行露》为召南申女作，视《毛序》之空炫者，尤凿凿不诬。且《息夫人传》曰："君子故序之于《诗》。"《黎庄夫人传》曰："君子故序之以编《诗》。"而向所自著书，亦曰《新序》。是《鲁诗》有《序》明矣。

《韩诗》有《序》，齐、鲁《诗》有《序》与否不可知（郑樵谓《齐诗》无《序》，魏源所引张辑《上林赋注》一条自系《齐诗》

之义，然未能即据以为《齐诗》之《序》）。四家诗本不以《序》之有无而生差别。所传同是一部《诗经》，因所传之人不同，于是所传之训义，也就各有不同了。《齐诗》多用纬说，颇涉怪诞，如"四始""五际""六情"之类。"四始"，是大明在亥为水始，四牡在寅为木始，嘉鱼在巳为火始，鸿雁在申为金始。"五际"是亥为革命、一际，亥又为天门、出入候听、二际，卯为阴阳交会、三际，午为阳谢阴兴、四际，酉为阴盛阳微、五际（《诗纬·泛冣枢》之午亥之际为革命，卯酉之际为改正，辰在天门、出入候听。卯天保也，酉祈父也，午采芑[①]也，亥大明也）。"六情"就是"喜、怒、哀、乐、好、恶"。这种说法，都与《毛诗》不同。总之，三家诗与毛义异者颇多。《毛诗》出而三家之说渐渐衰微，以至失传。郑樵以为《毛诗》独盛行的缘故，是因为《毛诗》比三家诗好。好的既出，不好的当然不能存在了。其说曰：

> 齐、鲁、燕、赵四《诗》，土音不同，训诂亦异。故孔颖达曰："三家之《诗》，字与《毛诗》异者，动以百数。"及证之他书，三家之学，非徒字异，亦并与文义俱异矣。当武帝时，《毛诗》始出，自以源流出于子夏。其书贯穿先秦古书。惟河间献

---

① 整理者按：原书误作"芭"。

王好古，博见异书，深知其精。时齐、鲁、韩三家皆列于学官，独《毛诗》不得立。中兴后，谢曼卿、卫宏、贾逵、马融、郑众、康成之徒，皆宗《毛诗》，学者翕然称之。今观其书所释《鸱鸮》与《金縢》合，释《北山》《烝民》与《孟子》合，释《昊天有成命》与《国语》合，释《硕人》《清人》《皇矣》《黄鸟》与《左氏》合，而《序》《由庚》六篇与《仪礼》合。当毛公之时，《左氏传》未出，《孟子》《国语》《仪礼》未甚行。而毛氏之说，先与之合。不谓之源流子夏，可乎？汉兴，三家盛行，世人未知毛氏之密。其说多从齐、鲁、韩氏。迨至魏晋，有《左氏》《国语》《孟子》诸书证之，然后学者舍三家而从毛氏。故《齐诗》亡于魏，《鲁诗》亡于晋，《韩诗》虽存，无传之者。（《诗辨妄》）

魏源作《诗古微》，又以三家诗比毛公好。驳郑氏之说曰：

《齐诗》先《采蘋》而后《草虫》，与《仪礼》合。《小雅》"四始""五际"次第，与《乐章》合。鲁、韩《诗》说《硕人》《二子乘舟》《载驰》《黄鸟》与《左氏》合。说《抑》及《昊天有成命》，与

《国语》合。说《驺虞》《乐官备》与《射义》合。说《凯风》《小弁》与《孟子》合。其不合诸书者安在？而《毛诗》则动与牴牾，其合诸书又安在？

究竟《毛诗》比三家好，或是三家诗比《毛诗》好？现在三家诗既已亡佚，我们也无从判断。至于《毛诗》所以独传的缘故，我看有以下三种理由：（一）三家诗传世已久，人情厌故喜新，《毛诗》新出，故能风行一时。（二）郑君当时大儒，声望甚著，独为《毛诗》作笺，故学者群起附和。（三）西汉博士习气最坏，三家诗久立学官，多被牵入纬书杂说，《毛诗》独较纯正，《传》《笺》又复平实简要，易于传习。这都是《毛诗》独传的理由。至唐时经学统一，孔颖达又专取《毛诗》、郑《笺》作疏，以后三家诗更无人过问了。宋王应麟曾辑三家诗，搜采未备，近世魏源《诗古微》外，有迮鹤寿的《齐诗翼氏学》、陈乔枞的《三家诗遗说考》，也不过存十一于千百，聊供好古家的参考罢。

（乙）历代《诗经》学流传的大概

古时本有诗教这个名目。唐虞之际，契为司徒敷五教，夔典乐教胄子，可算中国教育的起点。《虞书》说"诗言志，歌永言，声依永，律和声"，恐怕就是诗教的萌芽。到周朝时代，王制上面，才有"春秋教以礼乐，冬夏教以诗书"的明文。那时候学校里，必然有《诗》一类的课本。虽不是现在的《诗经》，但看季札观乐，所歌《国风》篇目，与现在相差不多，当时所通用《诗》的材料想来亦不过与《诗经》大同小异。孔子曰："温柔敦厚，诗教也。"又说："温柔敦厚而不愚，则深于诗者也。"可见诗教是早有了。有周一代，《诗》的用处最广，学校里要用他，宴会乐歌要用他，行人出使外国、酬会应对要用他。我们看周时《国语》《左传》诸子古书，当中出色人物，几于都能把诗篇背诵如流，随时应用。孔子《论语》中虽引《诗》不过一二处，然常教门弟子学《诗》，又著实称赞可与言《诗》之人。及删定以后，《诗》学大显。《礼记》中多孔门著作，《大学》《中庸》，道理那样精深，篇末常常引《诗》。孟子、荀子，儒家巨擘，所著书中，无论关于学术政治的大问题，每引一二句古诗，证明他自己的意思。这真是《诗》学全盛的时代了。

《诗经》因供人吟诵，秦火后完全无缺。汉兴即有四家诗。韩、鲁、齐三家，在武帝时就先列于学官，《毛诗》到平帝时列于学官，其后《毛诗》独盛行。因为有郑玄大儒作《毛诗笺》，卫宏作《诗序》，这两件真是汉代《诗经》学中的大事业，自此三家诗便不能与《毛诗》争衡了。

三国至六朝，佛教来中国，儒学渐衰，经术不振。说《诗经》的，无非宗奉《毛传》、郑《笺》。然毛、郑意义，每有不同处。魏王肃作《毛诗注》《毛诗义驳》《毛诗奏事》《毛诗问难》等书，以申毛难郑。晋孙毓继其意，作《毛诗异同评》。陈统又作《难毛诗异同评》，专申郑义。百余年间，毛、郑两家是非，辨论不绝。及唐太宗诏诸儒修《五经正义》，孔颖达独取《毛诗》、郑《笺》作疏，自是唐代言《诗》，总不出《正义》范围，没有其他新发明之处。

汉唐训诂学，束缚思想太甚，至宋代乃起一大反动。学者主张自由研究真理，不拘守注疏。对于群经，每用自己之主见，求古人之精神。说《诗》诸家，也多半如此。欧阳修作《毛诗本义》十六卷，他说："先儒于经，不能无失，而所得固已多矣。尽其说而理有不通，然后以论正之。"盖重在求通其理，不轻从古说。其书有时不用毛、郑，不用《小序》。直探诗人本意。苏辙《诗集传》，谓《小序》反复繁重，非出一人之手。惟发端一言，是毛公作，以下系卫宏集录，后来王得臣、程大昌议《诗序》。实自苏辙发端。程大昌不仅疑《序》，并欲删去国风名目，以南、雅、颂为乐诗，诸国为徒诗。郑樵著《诗辨妄》，非难毛、郑，文才辨捷，成一家言。皆发前人所未发。故宋代可谓经术革命时期。及朱子出，乃确开一《诗》学之新局面。朱子著《诗集传》八卷，曾两易稿，初稿用《小序》，再稿取郑樵说，不用《小序》。直断郑风诸篇为淫诗。其说《诗》虽多少采取当时学者之议论，但朱子名高学博，故后之攻《小序》，攻毛、郑者，必引朱子为根据。惟吕祖谦与朱子同时，《吕氏家塾读诗记》仍墨守毛、郑。严粲《诗缉》，又宗吕氏。要之古代《诗》学，至北宋即破坏无遗。或疑《毛诗》，疑郑《笺》，疑《小序》。乃至从古所信之六义、四始、大小、正变等说，无一不发生问题。朱子出为之折衷去取，议论稍定。自是朱注大行。毛、郑之学，又渐渐衰了。

元明两代之《诗》学，为朱子《集传》全盛时期。元延祐间，行科举①法，规定经义须用朱注。元时许谦、梁寅、刘瑾、梁益、朱公迁、刘玉汝等，其说《诗》皆宗朱子。明永乐间，敕胡广等撰定《诗经大全》，羽翼朱《传》，备当代举业参考之用。惟李克芳《读诗私记》宗毛、郑，朱谋㙔《诗故》主汉学。此外亦稍有折中毛、朱之书，然无甚精义。

汉唐训诂的弊病，流为穿凿。宋明理学的弊病，又流为空疏。至清朝考据学大兴，复古派又标汉学的旗帜，以与宋学对抗，于是说《诗》者竞尚古义，乾嘉以来尤甚。然在清初，已经有这种渊源了。阎若璩《毛朱诗说》，犹取折衷的态度。陈启源《毛诗稽古编》，训诂准《尔雅》，篇义准《小序》，诠释经旨准毛、郑，名物多主陆玑，辨正朱子、欧阳修、吕祖谦、严粲，攻击刘瑾、辅广等说，便大有汉学的根据了。余如钱澄之《田间诗学》、朱鹤龄《诗经通义》等，亦奉《小序》。戴震著《毛郑诗考正》，中间犹偶采朱子说，惟胡承珙《毛诗后笺》、陈奂《毛氏传疏》，专宗《毛诗》，纯乎

---

① 整理者按：原书误作"学"。

汉学。这是清朝《诗经》学研究的大概。

（丙）注家内容分类的研究

《诗经》历代流传，后来又因科举的关系，研究他的人，每朝都著实不少。清《四库全书总目》，《诗》类有六十二部，九百四十一卷。《诗》类存目，有八十四部，九百十三卷。《四库》未收诸书，尚不在其内。今除整大部的注疏，通解全经的不计外。其余注家，或是有他自己研究的特点，不容忽略的。以下稍为分类介绍一二：

一、对于《诗经》，为批评的研究，有欧阳修、苏辙以下数家。吾国注家，每每拘守一先生的说话，不敢稍有出入，故对于经术，最缺少批评的眼光。毛、郑盛时，大家都讲毛、郑，朱注行后，大家都遵朱注。真是类于盲从，学术怎样会发达呢？宋欧阳修当举世奉行孔颖达《正义》之时，独著《毛诗本义》十六卷。有《时世论》《本末论》《豳问》《鲁问》《序问》等篇，末附《补亡郑谱及诗图总序》，专批评毛、郑及《诗序》的错处。后来宋学说《诗》，大改以前态度，欧阳公实是革命的先锋。同时王安石、苏辙、程伊川诸人说《诗》，多少渊源于《本义》，是有踪迹可寻的。此外，苏辙的《诗集传》二十卷，发明《小序》只有首句可信，不是一人的笔墨，故仅用《序》首句解《诗》。程大昌《诗论》一卷，一名《诗议》，又名《毛诗辨正》，共分十七篇，所论古有二《南》，无《国风》之名。及论《南》《雅》《颂》为乐诗，诸国为徒诗。又谓《小序》出于卫宏。及其他驳毛、郑处，均议论精透，与郑樵之《诗辨妄》相出入。其后王柏著《诗疑》二卷，不惟疑《序》《传》，并且疑经。他说《小弁》"无逝我梁"四句，是汉儒妄补。又说《下泉》末章为错简，又删除《国风》以下三十二篇，又改《诗》的篇名，如改《权舆》为《夏屋》，改《大东》为《小东》等。王柏是朱子三传弟子，可谓大胆的批评家了。元明间此种著述罕见。明末贺贻孙著《诗触》四卷，虽欲调停《小序》与朱《传》，然议论尚有欧、郑的余风。卷首冠以四论：（一）论《诗》与歌讴谣谚不同，皆为乐章；（二）论读《诗》当"以意逆志"；（三）论淫诗；（四）论风刺。以上几家，都是对于《诗经》为批评的研究的。

二、对于《诗经》为组织的研究，有唐成伯玙、清严虞惇等几家。注家长于训诂、考证的研究者多，长于组织的研究者少。今提出以下数种，用备一格。唐成伯玙著《毛诗指说》一卷，分四篇：（一）《兴述》，说先王陈《诗》观风、孔子删《诗》定雅的理由；（二）《解说》，释《诗》义及正篇章次序；（三）《传受》，记齐、鲁、韩、毛四家诗传授源流；（四）《文体》，讲《诗经》句法、篇法及用词、用字的体例。此后有宋段昌武的《毛诗集解》二十五卷。其书大体虽仍是普通注解，但首卷的《学诗总说》、末卷的《论诗总说》是研究《诗经》的组织。前者分三则：（一）作《诗》之理；（二）

寓《诗》之乐；(三) 读《诗》之法。后者分五则：(一)《诗》之世；(二)《诗》之次；(三)《诗》之序；(四)《诗》之体；(五)《诗》之派。又有朱鉴《诗传遗说》六卷，首纲领，次序辨，次论六义，次论风、雅、颂，终论逸诗、诗谱、叶韵等义。明有沈万鈳《诗经类考》三十卷，以《诗经》名物典故分类编录，中有《古今论诗考》《逸诗考》《音韵考》《风雅颂异同考》《群书字异考》。又黄文焕《诗经考》十八卷，也是考证名物典故：(一) 世系；(二) 畿甸；(三) 人物；(四) 天时地利；(五) 兵农礼乐；(六) 动植。此二书皆不精。清严虞惇《读诗质疑》三十一卷，附录十五卷。首《列国世谱》，次《国风世表》，次《诗指举要》，次《读诗纲领》，次《删次》，次《六义》，次《大小序》，次《诗乐》，次《章句音谱》，次《训诂传删》，次《经传逸诗》，次《三家遗说》，次《经传杂说》，次《诗韵正音》，次《经文考异》。比较的博洽有条理，这都是对于《诗经》为组织的研究的。

三、对于《诗经》为史事的研究有明何楷等。《诗经》多半是史官到各地去搜采，拿来考究民情风俗的，他对于史事，确有密切的关系，不可忽略。孟子说："诵其诗，读其书，不知其人可乎？"明何楷就用这个主意，著《诗经世本古义》二十八卷。他依时代来考证《诗》的次序，不拘泥旧说，但也少不了牵强附会的地方。清陆奎勋《陆堂诗学》十二卷，虽说阐明朱《传》，其实很注重史事。此外，如黄文焕《诗经考》中之《世系人物》、严虞惇《读诗质疑》中之《列国世谱》，及王夫之《诗经稗疏》中《礼制》一篇，顾栋高《毛诗类释》中之《祭祀》《官职》等篇，均有多少关于史事的。

四、对于《诗经》地理的研究有王应麟《诗地理考》。王应麟《诗地理考》六卷，全录郑氏《诗谱》，参考《说文》《地志》《水经注》等，征引该洽。此外罕见专书，惟《毛诗类释》《诗经稗疏》中，亦有多少可以参考（近时朱右曾之《诗地理征》较王书加详）。

五、对于《诗经》博物的研究有陆玑等。孔子说学《诗》可以多识鸟兽草木之名，此种研究，较古的有晋陆玑之《毛诗草木鸟兽鱼虫疏》二卷。宋蔡卞《毛诗名物解》二十卷：一、释天；二、释百谷；三、释草；四、释木；五、释鸟；六、释兽；七、释虫；八、释鱼；九、释马；十、杂释；十一、杂解，共分十一门。此后有明吴雨《毛诗鸟兽草木考》二十卷、林兆珂《毛诗多识编》七卷，体例大约相同。清毛奇龄《续诗传鸟名》三卷，专考证鸟名一种。姚炳《诗识名解》十五卷，分草木鸟兽四门，不仅解释物名，并因以推测诗人原意。陈大章《诗传名物集览》十二卷，书最后出，搜罗数十家旧说，在博物的研究方面，可称比较的完备。

六、对于《毛诗》音韵的研究有陆德明、顾炎武等。唐陆德明《经典释文》研究各经音韵，《诗》音古说，存者不少。所论叶韵，犹嫌不详。宋吴棫乃有《毛诗叶韵补音》，其书久佚，杨简《慈湖诗传》，又为集补。及清顾炎武作《诗本音》，则在纠正两书的错处。此外，又有陈第之《毛诗古音考》、谢彭龙之《毛诗订韵》、史荣之《风雅遗音》，均可参考。

七、对于《诗经》专篇的研究。有在《诗经》中提出专篇目研究的，譬如一类书专研究《国风》，一类书专研究《诗序》。（一）研究《国风》的，如明陶宗仪有《国风尊经》一卷，戴君恩有《读风臆评》，董谷有《国风辨》一卷，林国华《十五国风论》一卷，王士徵《十五国风疏》一卷，颜鼎受《国风演连珠》一卷，毛奇龄《国风省篇》一卷，都是这一类。崔东壁的《读风偶识》，尤有卓见，为他家所不及。（二）研究《诗序》的，如韩愈有《序义》一篇，晁说之《序论》一卷，李樗《诗序解》一卷，范处义《毛诗明篇》一卷，朱子《诗序辨说》一卷，黄壎《诗序解》一卷，段昌《武诗序解》一卷，王商范《毛诗序义索隐》二卷，吕枏《毛诗序说》六卷，郝敬《毛诗廊说》八卷，陈熙臣《毛序折衷》一卷，邵辨《诗序解颐》一卷，史记事《毛诗序考》十卷，都是这一类。至于非专书而论及《序》的，尚不在内。

八、对于《诗经》的杂研究。此类书不拘定一种研究，但泛泛考证有关系于《诗经》的各事物。如王夫之的《诗经稗疏》四卷，黄中松的《诗疑辨证》六卷，顾栋高的《毛诗类释》二十一卷、《续编》三卷，皆属此类。

第二章 《诗经》与当时社会之情势

第一节 古代固有之思想

吾国古代的思想,是说"万物本乎天,人本乎祖"。所以人类应当崇拜的,第一就是天,第二就是祖宗。应当崇拜天的缘故,因为天有理想上最完全的人格,又有理想上最伟大的权力。人也是万物之一,自然也是天所生的。所以又讲一种"天人合一"的道理。《书经》说"惟皇降衷于民",《左传》说"民受天地之中以生",《诗经·大雅·烝民》诗说:

> 天生烝民,有物有则。民之秉彝(常),好是懿(美)德。

以天这样的人格,所生的人,起初的时候,可以说他的分量完全是好的,或者可以说多量是好的。但是住在世上,有时就变坏了。人类的本分，应当努力拿天的人格来做道德的标准，保存他所受那好的分量，以复还他天地之性。天也时时刻刻监察人类的善恶，来执行他的赏罚。《大雅·皇矣》诗曰：

　　皇矣上帝，临下有赫（威明）。监观四方，求民之莫（定）。

天看见那最好的人，就把他或他的子孙提拔起来，做下界的帝王。所以古代的圣君贤主，莫不是奉了天帝的命令的。《商颂》说：

　　天命玄鸟，降而生商。宅（居）殷土芒芒。古帝命武汤，正域彼四方（正治域封境）。

《大雅·大明》曰：

　　维此文王，小心翼翼。昭事上帝，聿怀多福。厥德不回（邪），以受方国（四方来附之国）。

天既命令了这些帝王，仍要随时监察他们政治的得失，所以做帝王的也要随时小心谨慎。《周颂·敬之》曰：

敬之敬之，天维显思。命不易哉，无曰高高在上，陟降厥士（士作事解，常陟降以观其事），日监在兹。

又，《昊天有成命》曰：

昊天有成命，二后受之。成王不敢康，夙夜基命宥密（宥，弘深。密，静密）。於缉熙（於，叹辞。缉熙，光明），单（尽）厥心，肆其靖（静）之。

天如看见他们的好处，就降之以福。《大雅·假乐》曰：

假（美）乐君子，显显令德。宜民宜人，受禄于天。保佑命之，自天申（重）之。干禄百福，子孙千亿。穆穆皇皇，宜君宜王。不愆不忘，率由旧章。

此诗的"君子"，就是指王者。王者有了令德，天就降福于他，使他子孙世代为君。天看见不好的帝王，也就降之以罚。《大雅·大明》曰：

明明在下，赫赫在上。天难忱（信）斯，不易维王。天位殷适（音的，殷之嫡[1]嗣），使不挟四方。

殷王不称其职，所以不使他挟有四方，绝他的国祀。但天这种赏罚的标准从何而来呢？《商颂·殷武》曰：

天命降监，下民有严。不僭不滥，不敢怠遑。命于下国，封建厥福。

此是说天的赏罚，完全以民意为主。就是《尚书》"天听自我民听，天视自我民视"的意思，也是"天人合一"的道理。朱《传》说："'天命降监'，不在乎他，皆在民之视听，则'下民有严'矣。惟赏不僭，刑不滥，而不敢怠遑，则天命之以天下而大建其福。"天要降罚，是以渐而至的。先必发现许多凶征，以为警戒。国家看见这种现象，能够恐惧修省，仍可转祸为福，所以古来学者相信阴阳灾异之说。《小雅·十月之交》曰：

日月告凶，不用其行（道）。四国无政[2]，不用其良。彼月而食，则维其常。此日而食，于何不臧。烨烨（电光）震电，不宁不令（善）。百川沸腾，山冢

---

[1] 整理者按：原书误作"的"。
[2] 整理者按：原书误作"不臧"。

崒（崔嵬）崩。高岸为谷，深谷为陵。哀今之人，胡憯（曾）莫惩。

当时有日食、地震之变，诗人以为是政治不良，干犯天怒。又，《大雅·云汉》曰：

倬彼云汉，昭（光）回（转）于天。王曰於乎，何辜今之人？天降丧乱，饥馑荐（重）臻（至）。靡神不举（祭），靡爱斯牲。圭璧既卒（尽），宁莫我听。旱既太甚，蕴（蓄）隆（盛）虫虫（热气）。不殄（绝）禋祀，自郊徂宫。上下奠瘗（埋礼物），靡神不宗（尊）。后稷不克，上帝不临。耗斁（败）下土，宁丁（当）我躬。

此诗是说宣王遇灾而惧，看他诉那种苦旱，真不啻"号泣于旻天"了。又，《板》之诗曰：

敬天之怒，无敢戏豫。敬天之渝（变），无敢驰驱。昊天曰明，及尔出王。昊天曰旦（明），及尔游衍。

这是说天的聪明，无所不及。遇有变异，应当戒慎。

"渝"字作"变"字解。

用天能赏善罚恶这个例子推起来,不是行善有道德的人,后世子孙也不令繁衍,所以我们的祖宗,一定都是大大的好人。祖宗如是圣贤,他死后也同天帝在一起。《大雅·文王》曰:

文王在上,于昭于天。周虽旧邦,其命维新。有周不显,帝命不时。文王陟降,在帝左右。

祖宗他是同样能监察子孙,同样能降祸福。我们对于他也要早晚恭敬,虔诚祭祀,才可得到好处。《周颂·闵予小子》曰:

念兹皇祖,陟降庭止(在庭)。维予小子,夙夜敬止。

《小雅·信南山》曰:

祀事孔明,先祖是皇。报以介(大)福,万寿无疆。

以上证明中国古代第一对于天、第二对于祖宗的尊敬与崇拜，是当时社会上一种流行的普通习惯，也就是当时道德上一种根本的原理，我们在《诗经》上容易看得出来的。至于他们的影响及价值如何，不在本书研究之范围，现在暂且不加批评了。

至于就地理上考究《诗经》与古代思想之关系。古代的思潮，早就隐然有南北不同之势。中国文化发展的次序，本是由北而南，孔孟承继北派的旧道德，老庄开创南派的新局面。《诗经》采诗的区域，多偏在北方，当然也是代表北方思想的一部著作。《诗经》中十五《国风》，实只有九国，《鲁》列于《颂》，连鲁共十国。《周南》《召南》《王风》《豳风》之诗，同出周室王畿。在《禹贡》雍州，即今陕西、甘肃及河南、湖北之一部地方。邶、鄘、卫同是卫国。在《禹贡》冀州，即今直隶、山西地方。郑国为畿内咸林之地，在今河南开封府地方。齐国为《禹贡》青州，在今山东地方。《魏风》《唐风》，同是晋国。在《禹贡》冀州，即今陕西、甘肃之大部分。秦国《禹贡》雍州，亦陕西、甘肃之一部分。陈国、桧国，同是《禹贡》豫州，今河南、湖北之一部分。曹国《禹贡》兖州，今直隶、山东之一部分。鲁国亦山东之一部分。所以《诗经》几于完全是北方人的诗。至于南北思想的异同，现在不能慢慢地比较。南方的文字，总是从屈原以后才发达的了。

第二节　国家制度与《诗经》

《诗经》所经过的时代，是一种封建时代。古时候说有万国，后来到商汤，说有三千诸侯，周初说有千八百诸侯。《诗经》上周朝的诗最多。我们考起来，武王代商，史有明文的，只是"灭国五十，封建诸侯，以为周室藩屏"。那时兄弟之国十有五，姬姓之国三十有八，异姓得封者，亦十有八国，分为公、侯、伯、子、男五等爵位。公、侯之国方百里，为大国；伯之国方七十里，为次国；子、男之国方五十里，为小国；不及五十里的，就不能与王朝直接，只好做诸侯的附庸。这是当时封建制度的大概。王朝的官制，有三公、九卿、大夫、士，诸侯亦有卿大夫、士。开国制礼之初，是取一种中央集权政治。后来诸侯强盛，王朝的政令就不能行了。《周礼》载：周有六官，天官总揽政治，地官掌教化、农商，春官掌祭祀、朝聘、会同，夏官掌兵征、疆域，冬官掌土木、劝业。但是周官在当时，似也没有完全实行。现在略举那时社会的教育、礼制、军事、农事四项，与《诗经》有关的，叙述于后。

一、**教育**　周时的教育制度，似已很有规模。教化的中心，是太学。东有东胶，西有瞽宗，南有成均，北有上序，中央为辟雍。东胶教舞，瞽宗教礼，上序教书，成均教乐，而辟雍行宴飨仪式。此等太学的教官，由大司乐总辖之，其下有乐师、籥师、太师。主要学科，就是诗、书、礼、乐，叫做"四教"，又叫做"四术"。他们所教授的范围，自"洒扫""应对""进退"的细节以至"修身""齐家""治国""平天下"的大道，一切包括在内。侯国之都，也有大学，名曰"泮宫"。国都以外，闾有塾，党有庠，遂有序。井田制度，在田曰"庐"，在邑曰"里"。一里八十户，八家共一巷。中里为校室，选耆老有德者来做教师，这就是小学。八岁时候，就要进小学，也是法律规定的。当时教育制度，不能说不发达了。《鲁颂·泮水》诗曰：

> 思乐泮水，薄采其芹。鲁侯戾止，言观其旂。其旂茷茷（飞扬），鸾声哕哕（和）。无小无大，从公于迈（往）。思乐泮水，薄采其藻。鲁侯戾止，其马蹻蹻（盛貌）。其马蹻蹻①，其音昭昭。载色载笑，匪怒伊教。思乐泮水，薄采其茆。鲁侯戾止，在泮饮酒。既饮旨酒，永锡难老。顺彼长道（大道），屈此群丑。穆穆鲁侯，敬明其德。敬慎威仪，维民之则。允文允武，昭假（至）烈祖。靡有不孝，自求伊祜。明明鲁侯，克明其德。既作泮宫，淮夷攸服。矫矫虎臣，在泮献馘（所格者之左耳）。淑问如皋陶，在泮

---

① 整理者按：原书误漏"其马蹻蹻"。

献囚。济济多士,克广德心。桓桓于征,狄(逷)彼东南。烝烝皇皇,不吴不扬(肃静意)。不告于讻,在泮献功。角弓其觩(弓健貌),束矢其搜(矢声)。戎车孔博(大),徒御无斁。既克淮夷,孔淑(善)不逆(不违命)。式固尔犹(谋猷),淮夷卒获。翩彼飞鸮,集于泮林。食我桑黮,怀我好音。憬(觉悟)彼淮夷,来献其琛(宝)。元龟象齿,大赂(遗)南金。

王朝的学制,在《诗经》上无可证明,仅录《泮水》一篇。虽是只说诸侯之学,也可见当时对于学校,极其隆重。古时出兵,都要受成于学,及还兵之时,又要释奠于学,在那里讯问俘虏,所以诗中有"献馘""献囚"的话。

二、**礼制** 古代尚是神道设教,每每借宗教的仪式来维系民心。国家所行于社会上的礼制,最大就是祭祀。凡天地之郊祀、山川之封禅、祖祢之庙祭,仪节都是非常严重。此外有乡饮酒礼、燕礼、乡射礼、大射仪。前两种是公众的宴会,后两种是武事的练习。《诗经》所咏,则多半关于祭祀的事。《周颂·时迈》诗曰:

时迈(行)其邦,昊天其子之,实右(尊)序(次)有周。薄言震之,莫不震叠。怀柔(安)百神,及河乔岳,允(信)王维后。

古时王者所祭，分天神、地祇、人鬼三种。日月星辰，皆属天神。五岳四渎①，属地祇。祖宗及有勋劳于国者，属人鬼。《时迈》所咏，已包括天神、地祇在内。人鬼的祭祀，天子七庙，诸侯五庙，大夫三庙，士一庙，庶人祭于寝。天子诸侯，春禴、夏祠、秋烝、冬尝，而三年或五年，又有禘之大祭。岁时有新鲜时味，也要献于宗庙，以祈福禄。《小雅·天保》曰：

> 吉蠲（洁）为饎（酒食），是用孝享。禴祠烝尝（祭名），于公先王。君曰卜（期）尔，万寿无疆。

此外冠婚之事必谒庙，征战之事必类祃，丰年则报于太祖，作乐奏于庙前。《诗经》诸《颂》中，大半都是祭祀的诗，此刻也不遍引了。

至于乡饮酒礼、燕礼、乡射仪、大射仪，事见《仪礼》。所用乐歌，其词均在《诗经》。乡饮酒礼，是诸侯的卿大夫，献其贤者能者于君之时，必礼请一般贤士为宾，相聚燕饮，并一面藉以鼓励乡党之人。酒酣，工歌《小雅·鹿鸣》《四牡》《皇皇者华》。笙入堂下，奏《南陔》《白华》《华黍》之

---

① 整理者按：原书误作"渍"。

乐（《南陔》《白华》《华黍》《由庚》《崇丘》《由仪》皆笙诗，有声无词）。又间，歌《鱼丽》。笙奏《由庚》，歌《南有嘉鱼》。笙奏《崇丘》，歌《南山有台》。笙奏《由仪》，又合奏《周南》之《关雎》《葛覃》《卷耳》，《召南》之《鹊巢》《采蘩》《采蘋》，然后礼成。燕礼是人君对于臣下有功的设宴款待，以致酬劳之意。乡射礼是乡饮酒礼以后所行的。大射仪是诸侯有祭祀之时会合群臣行的。行礼时均用《诗经》中的乐歌，与乡饮酒礼所用，大同小异。

三、军事 案《周礼》《司马法》，春秋时代军制，车一乘，有甲士三人，步卒七十二人，其外尚有送粮食辎重的人。此是旧说，近来学者根据《鲁颂·閟宫》"公车千乘，公从三万"的话，以为一乘当有三十人。这也无从确证了。大约五百人为旅，二千五百人为师。六师总共一万二千五百人，由天子自行统带。无战的时候，应当尽戍役的职务，十人为伍，每年夏间更换一次。兴师常在冬夏，出征叫做"治兵"，归来叫做"振旅"。治兵之时，有《小雅·采薇》之歌。振旅之时，将校有《小雅·出车》之诗，士卒有《小雅·杕杜》之诗，都是慰劳他们戍役的勤劳的。《采薇》诗曰：

昔我往矣，杨柳依依。今我来思，雨雪霏霏。行道迟迟，载渴载饥。我心伤悲，莫知我哀。

《杕杜》诗曰：

> 陟彼北山，言采其杞。王事靡盬（急惰），忧我父母。

这是说出征军人，对于家族之感。诸侯因为征伐有功，国家当赠予一种荣誉的纪念品，当时有赐彤弓的故事，就与后世赐斧钺一样。得到这种赐品，也可以拿来命令诸侯。《小雅·彤弓》诗曰：

> 彤（朱色）弓弨（弛）兮①，受言藏之。我有嘉宾，中心贶（与）之。钟鼓既设，一朝飨之。

至于摹写出征时的情形，也有数诗：

> 方叔涖止，其车三千，师（众）干（捍）之试。方叔率止，乘其四骐，四骐翼翼。路（戎）车有奭（赤貌），簟茀（车蔽）鱼服，钩膺（胸）鞗革（辔带）。（《小雅·采芑》）
>
> 四牡修广，其大有颙（大貌）。薄伐狁，以奏

---

① 整理者按：原书误作"矣"。

肤（大）公（功）。有严有翼（敬），共（供）武之服（事）。共武之服，以定王国。（《小雅·六月》）

俴（甲）驷孔群，厹矛（三隅矛）鋈錞（金饰）。蒙（杂）伐（盾）有苑（文貌），虎韔（弓室）镂膺（金饰马胸带）。交韔二弓，竹闭（弓檠）绲（绳）縢（约）。（《秦风·小戎①》）

以上数诗，是记出兵时军容之盛。然兵凶战危，如《鸨羽》《大东》等篇，就诉征伐之苦了。田猎亦属于军礼，有春搜、夏苗、秋狝、冬狩等名目。《小雅·吉日》《车攻》二篇，是专咏田猎的，为后世游猎等赋之祖。

四、农事　中国古代本系游牧民族，神农始注重耕稼。然到三代之世，牧畜犹是极盛。《小雅·无羊》诗曰：

谁谓尔无羊，三百维群。谁谓尔无牛，九十其犉（黄牛黑唇曰犉）。尔羊来思，其角濈濈（和）。尔牛来思，其耳湿湿（润泽）。或降于阿，或饮于池，或寝或讹（动）。尔牧来思，何（荷）蓑何笠。或负其餱（粮），三十维物（三十件），尔牲则具。尔牧来思，以薪以蒸（粗曰薪，细曰蒸），以雌以雄。尔羊来思，矜

---

① 整理者按：原书误作"驷铁"。

矜兢兢（坚强），不骞（亏）不崩。麾之以肱，毕来既（尽）升（入牢）。牧人乃梦，众维鱼矣。旐维旟矣。（旐，郊野所建。旟，州里所建。旐，所统不如旟所统之众。）大人占之，众维鱼矣，实维丰年。旐维旟矣，室家溱溱（美貌）。

此诗叙畜牧事宛然如画。古代祭祀用牺牲最多，此亦牧畜发达之一原因。井田之制，一夫受田百亩。八家为井，井九百亩，中央为公田。《孟子》已引"雨我公田，遂及我私"之诗，这是人民对于国家的口吻。《周颂·噫嘻》诗云："骏发尔私，终三十里。亦服尔耕，十千为耦。"这是君上勉励百姓尽力私田的话。《周颂·臣工》诗既云"如何新畬"，又云"庤乃钱镈，奄观铚艾"。钱、镈、铚、艾均系农器之名。古代国家收入，租税最为大宗，故政府也很注意劝农的事业。

畜牧耕稼以外，最重要的，就是蚕业。《孟子》说"五亩之宅，树墙下以桑"，这大概是当时农官所规定。男子尽力耕稼，女子就专意蚕织，是古代男女分功的办法。《豳风·七月》之诗曰：

七月流火，九月授衣。春日载阳，有鸣仓庚（黄鹂）。女执懿（深美）筐，遵彼微行（小径），爰求柔（稚）桑。春日迟迟，采蘩（白蒿）祁祁（众多）。女心伤悲，殆及公子同归。七月流火，八月萑苇（蒹葭）。蚕月条桑，取彼斧斨（斧类），以伐远扬（枝），猗彼女桑。七月鸣鵙（伯劳），八月载绩。载玄载黄，我朱孔阳（明），为公子裳。

上诗可见当时女功之大要。通观封建社会盛时，教育、军事、农事、制度之整齐，及乡射诸礼之雍容和平，也足证其国力充实，风俗淳厚，所以后人往往梦想三代呀。

第三节　家族礼制与《诗经》

当时家族礼制，在社会上所通行的，无过冠、昏、丧、祭四种，其详都在《仪礼》。冠礼在《诗经》上无可证明。兹仅将昏、丧、祭礼略述一二。

一、**昏礼**　古时昏期，率在秋冬之候，所以《荀子》说"霜降逆女"，《诗》亦有"厌浥行露，岂不夙夜，谓行多露"之语，可证昏期时霜露颇多，正是秋冬之际了。但此种制度，若有吉日良辰，当时似乎也可以加入。惟告庙亲迎等礼，则最为注重，不可不守。《左传》隐公八年曰：

四月甲辰，郑公子忽，如陈逆妇妫。辛亥以妫氏归，甲寅入于郑。陈鍼子送女，先配而后祖。

郑忽逆女，在夏四月，《春秋》并不讥他，但讥他没有告庙。亲迎亦是昏礼中所最重要的。《齐风·著》之诗曰：

> 俟我于著（门屏之间）乎而，充耳以素乎而，尚之以琼华乎而。俟我于庭乎而，充耳以青乎而，尚之以琼莹乎而。俟我于堂乎而，充耳以黄乎而，尚之以琼英乎而。

此诗是讥不亲迎。昏礼婿往妇家亲迎，既奠雁，婿御轮先归，俟于门外，妇至则揖以入。这时齐俗不亲迎，女至婿门，才见其相俟。故诗人讥之。

二、**丧礼**　丧以悲哀为主，仪文为辅。周时已有不行三年丧的。《桧风·素冠》诗曰：

> 庶见素冠兮，棘人栾栾（瘠貌）兮，劳心慱慱（忧劳貌）兮。庶见素衣兮，我心伤悲兮，聊与子同归兮。庶见素韠（蔽膝）兮，我心蕴结兮，聊与子如一兮。

此是讥不行三年丧的诗。长丧厚葬，均是一种慎终追远的道理。诗人主张维持旧有良美的道德，所以不能加诃斥了。

三、**祭礼**　《诗经》有些祭祀的诗歌，多半是说王者、诸

侯的祭礼。民间也是一样尊重祭祀,不过礼有丰俭罢了。祭祀在追慕祖先以外,尚有藉此会合兄弟宗族的作用。《小雅·伐木》曰:

> 笾豆有践(陈列貌),兄弟无远。民之失德,乾餱以愆。

盖祭祀已毕,必令亲戚故旧,食其馂余。古代社交不如后世之复杂,不遇吉凶祀事,难得会聚的机会。故乾餱不以分人,也是一种失德了。

第三章 《诗经》的历史上考证

第一节 周室史证（包括周南、召南、王风、豳风的诗）

诗与历史，最有关系。周代采诗，本用史官。诗就是一种史料。《文中子》上有一段：

> 子谓薛收曰："昔圣人述史三焉。其述《书》也，帝王之制备矣，故索焉而皆获。其述《诗》也，兴废之由显矣，故究焉而皆得。其述《春秋》也，邪正之迹明矣，故考焉而皆当。"

据这样说来，《诗》本是史的一种。现在打算单用历史的根据，来证明《诗经》的说话。先就《诗经》关于周室史事的，加以研究。

说到《诗经》关于周室史事，第一《周南》《召南》的问

题,就不易解决。郑玄《诗谱》曰:

> 周、召者,《禹贡》雍州岐山之阳地名,周之先公太王,避狄难自豳始迁焉。文王受命作邑于丰,乃分岐邦周、召之地,为周公旦、召公奭之采地,施先公之教于已所职之国。武王伐纣,定天下,巡守述职,陈诵诸国之诗,以观民风俗。属之太师,分而国之。其得圣人之化者,谓之《周南》。得贤人之化者,谓之《召南》。言二公之德教,自岐而行于南国也。

《郑谱》想是根据《毛诗》的遗说。他说《周南》《召南》的区别,是因圣德与贤德而分。二《南》诗的时代,当然是在文王之时了。故古注谓周诗克商以前为二《南》,克商以后为二《雅》,东迁以后为《王风》。说的《周南》《召南》,是文王时诗,竟似一毫不能移动。直到清朝崔述,始历辨其误。依史事上考证起来,周公、召公,都到武王时候,才有大名,周、召分陕而治,又在成王之世,都与文王没有甚么相干。齐、鲁、韩诗说"关关雎鸠",为康王晏起而作。只有《毛诗》所说不同,讲到文王之化一层。《周南》诗中,如《摽有梅①》的感时，《野有死麕》的怀春，与德化有何关系？《汝坟》诗明说王室如毁，岂是至治的景象吗？所以《周》《召》二《南》，恐怕有许多是东迁以后的诗。但时代久远，无从证明，这个问题，只好留待以后慢慢研究了。

周之先祖叫后稷，由后稷十二世至古公亶父。古公长子太伯，次子虞仲，少子季历。古公卒，季历嗣立。季历娶太任，生昌，袭其位称西伯，即文王。《史记》谓"文王礼下贤者，日中不食以待士，士以此多归之"。当时如太颠、闳夭、散宜生等，均往从西伯。《诗经》上说：

肃肃兔罝（网），椓之丁丁（伐木声）。赳赳武夫。公侯干城。（《周南·兔罝》）

这时赳赳武夫，已多集于周室。又虞、芮二国之君，因事相争，欲请西伯代为裁判，及至周境，见耕者让畔，行者让路，两君大惭而归，也不再争执。《大雅·绵》诗曰：

虞芮质厥成，文王蹶（动）厥生（起）。

二句正指此事，这时文王事业，不仅内治修明，并且希

---

① 整理者按：原书误作"摽梅"。

图向外发展。《诗经》说：

> 帝谓文王，无然畔（攀）援，无然歆羡，诞先登于岸（道之极至处）。密人不恭，敢距大邦，侵阮（国名）徂共（地名）。王赫斯怒，爰整其旅，以按（音遏，制止之意）徂旅（密师之往共者），以笃于周祜①（福），以对于天下。依（安）其在京，侵自阮疆，陟我高冈。无矢（陈）我陵，我陵我阿。无饮我泉，我泉我池。度其鲜（善）原，居岐之阳，在渭之将（侧）。万邦之方（向），下民之王。帝谓文王，予怀明德，不大声以色，不长夏以革（未详）。不识不知，顺帝之则。帝谓文王，询尔仇方，同尔兄弟，以尔钩援（云梯），与尔临冲（冲车），以伐崇墉。（《大雅·皇矣》）

这时候文王正向外用兵。《史记》说"明年伐犬戎，明年伐密国，明年败耆国，……明年伐邘，明年伐崇侯虎"，没有一年不兴师动众的，人民虽苦而不怨。《小雅·采薇》诗曰：

> 采薇采薇，薇亦作（生）止。曰归曰归，岁亦莫止。靡室靡家，狁之故。采薇采薇，薇亦柔止。

---

① 整理者按：原书误作"以笃周祜"。

曰归曰归，心亦忧止。忧心烈烈，载饥载渴。我戍未定，靡使归聘（问）。采薇采薇，薇亦刚止。曰归曰归，岁亦阳止。王事靡盬，不遑启处。忧心孔疚（病），我行不来。彼尔（华盛貌）维何，维常之华。彼路（戎车）斯何，君子之车。戎车既驾，四牡业业（壮貌）。岂敢定居，一月三捷。驾彼四牡，四牡骙骙（强）。君子所依，小人所腓（避）。四牡翼翼，象弭鱼服。岂不日戒，狁孔棘。昔我往矣，杨柳依依。今我来思，雨雪霏霏。行道迟迟，载渴载饥。我心伤悲，莫知我哀。

当时戍役繁重，读此可见。篇中"君子所依，小人所腓"二句，"腓"字作"避"字解，意指惟小人乃始逃避兵役。文王能使人民忠于国家之义务如此，真算不容易了。看他写得何等恳挚温婉，说到"我心伤悲，莫知我哀"，可谓苦惨已极，然没有怨恨之意，因此文王能够克敌制胜。数年以后，外侮平定。文王与民休息，在国内大兴建筑，造一所地方，叫做"灵台"。又凿一个池子，叫做"灵池"。《诗经》说：

经始灵台，经之营之。庶民攻之，不日成之。经始勿亟，庶民子来。王在灵囿，麀鹿攸伏。麀鹿濯濯（肥貌），白鸟翯翯（洁白）。王在灵沼，於牣

（满）鱼跃。虡业（钟架）维枞（悬钟处），贲（大）鼓维镛（大钟）。於论（伦）鼓钟，於乐辟雍。於论鼓钟，於乐辟雍。鼍鼓逢逢，矇瞍（乐师）奏公（事）。（《大雅·灵台》）

这首诗读之，可见太平气象。惟崔述《丰镐考信录》以为："《灵台》一诗，前咏灵台，后咏辟雍，首尾相联，似咏一王之事者。然而后篇称镐京辟雍，武王始迁于镐，故先儒皆以辟雍为始于武王。苟辟雍自武王始，则灵台亦非文王事矣。"此说虽有理，然孟子已早说灵台灵沼，是文王的事，故我们也不用疑惑了。

文王之妃太姒，是莘人女，《诗经》咏他们结婚的事。《大雅·大明》曰：

天监在下，有命既集。文王初载，天作之合。在洽之阳，在渭之涘。文王嘉止，大邦有子。大邦有子，伣（譬）天之妹。文定厥祥，亲迎于渭。造舟为梁，不显其光。有命自天，命此文王。于周于京，缵（继）女维莘（国名）。

太姒有贤德，《诗序》于《周南》诗中，多以为形容一种后妃之化。文王之治，真能"刑于寡妻，至于兄弟，以御于家邦"了。

文王崩,武王嗣立,大兴革命之军伐纣,誓于牧野。《诗经》说:

> 殷商之旅,其会如林。矢于牧野,维予侯(维)兴。上帝临汝,无贰尔心。牧野洋洋,檀车煌煌(鲜明)。驷騵(马白腹)彭彭(强盛貌)。维师尚父,时维鹰扬。凉(佐)彼武王,肆(纵兵)伐大商,会朝(会战)清明(旦)。(《大雅·大明》)

武王崩,子诵代立,为成王。成王年幼,周公摄政。吐哺握发,以待天下之士。管叔、蔡叔,见周公声名太大,造作流言,说周公要不利于成王。周公忧愁,作《鸱鸮》诗一篇,送与成王,表明心迹。其诗曰:

> 鸱鸮鸱鸮,既取我子,无毁我室。恩斯勤斯,鬻(养)子之闵(忧)斯。迨天之未阴雨,彻(取)彼桑土,绸缪牖户。今汝下民,或敢侮予。予手拮据(手并共作貌),予所捋(取)荼(萑草,可藉巢者),予所蓄租(聚),予口卒(尽)瘏(病),曰予未有室家。予羽谯谯(杀羽),予尾翛翛(敝貌),予室翘翘(危),风雨所漂摇,予维音哓哓(急)。

成王看见周公这诗,也体谅周公忠诚为国的心。后来管、蔡果然率淮夷作乱。周公东征三年,才将他平定了。《东山》诗曰:

> 我徂东山,慆慆(久)不归。我来自东,零雨其濛(雨貌)。鹳鸣于垤(蚁冢),妇叹于室。洒扫穹(空穴)窒(塞),我征聿至。有敦瓜苦,烝(系)在栗①薪。自我不见,于今三年。(《豳风·东山》)

这诗是周公东征后,慰劳那些从征将归的兵士作的,说他们的家室,都盼望他们回去,因为他们离家有三年了。那些从征将归的兵士,也作一诗说他们从征的事,夸美周公(此两诗是用朱子的注解)。他们说:

> 既破我斧,又缺我斨(斧类)。周公东征,四国是皇(匡)。哀我人斯,亦孔之将(大)。(《豳风·破斧》)

周公同那些兵士作诗互相慰劳,足见彼此感情融洽,可

---

① 整理者按:原书误作"栗"。

以用他为国事奋斗了。成王的名臣周公旦与召公奭并称。召公主治陕以西，甚得民心，有时巡行乡邑，就坐在棠树下，代人民了决诸事。及他死后，百姓思慕不忘。作诗曰：

蔽芾（盛貌）甘棠，勿翦勿伐，召伯所茇（草舍）。蔽芾甘棠，勿翦勿败，召伯所憩。蔽芾甘棠，勿翦勿拜（屈），召伯所说（舍）。（《召南·甘棠》）

成王崩，子钊立，为康王。古来说成康是周朝极盛时代。康王传八世到宣王，号为中兴明主。当时贤臣有仲山甫、尹吉甫等。《诗·小雅》中，多赞扬宣王功德。如曰：

四牡修广，其大有颙（大貌）。薄伐玁狁，以奏肤公（功）。有严有翼，共武之服，以定王国。玁狁匪茹（度），整居焦获（地名）。侵镐（地名）及方（地名），至于泾阳。织文鸟章，白旆央央。元戎十乘，以先启行。（《小雅·六月》）

这诗是称美宣王北伐的。又曰：

方叔莅止，其车三千，师干之试。方叔率止，乘其四骐，四骐翼翼。路车有奭，簟茀鱼服，钩膺

俸革。(《小雅·采芑》)(注见前)

这诗是称美宣王南征的。又曰：

> 之子于征，有闻无声。允矣君子，展（诚）也大成。(《小雅·车攻》)

这诗是称美宣王田猎的。又曰：

> 牧人乃梦，众维鱼矣。旐维旟矣。大人占之，众维鱼矣，实维丰年。旐维鱼矣，室家溱溱。(《小雅·无羊》)(注见前)

这诗是称美宣王牧业之盛。此外，亦有规戒的诗，如《庭燎》《鸿雁》等章。宣王晚年不听忠谏，疏远贤士，与早年的励精图治判若两人，于是诗人兴刺。《小雅·祈父》曰：

> 祈父，予王之爪牙。胡转予于恤（忧），靡所止居。祈父，予王之爪士。胡转予于恤，靡所底止。祈父，亶（诚）不聪。胡转予于恤，有母之尸（主）饔（熟食）。

这时人民怨叹,在朝的贤士也渐渐归隐去了。诗人咏之曰:

> 皎皎白驹,在彼空谷。生刍一束,其人如玉。毋金玉尔音,而有遐心。(《小雅·白驹》)

宣王晚年失德,周室渐衰。及宣王崩,子宫涅①立,号幽王,最为无道昏君。废其后申氏,及太子宜臼。嬖爱褒姒,立以为后,立其子伯服为太子。宜臼傅作《小弁》之诗曰:

> 维桑与梓,必恭敬止。靡瞻匪父,靡依匪母。不属于毛,不离于里。天之生我,我辰(时)安在。菀(盛貌)彼柳斯,鸣蜩嘒嘒。有漼者(深貌)渊,萑苇淠淠(众)。譬彼舟流,不知所届。心之忧矣,不遑假寐。鹿斯之奔,维足伎伎(舒貌)。雉之朝雊(鸣),亦求其雌。譬彼坏木,疾用无枝。心之忧矣,宁莫之知。相彼投(奔)兔,尚或先之。行有死人,尚或墐(埋)之。君子秉心,维其忍之。心之忧矣,涕既陨之。君子信谗,如或酬之。君子不惠,不舒(缓)究(察)之。伐木掎(倚)矣,析薪扡②

---

① 整理者按:原书误作"宜涅"。
② 整理者按:原书误作"杝"。

（随其理析之）矣。舍彼有罪，予之佗（加）矣。莫高匪山，莫浚（深）匪泉。君子无易由言，耳属于垣。无逝我梁，无发我笱。我躬不阅，遑恤我后。（《小雅·小弁》）

此诗凄绝，令人不能卒读。幽王欲得褒姒之笑，大举烽火，诸侯不知，以为寇至，率兵赶来，到则不见有寇，自此诸侯离心。《小雅·正月》之诗曰：

谓天盖高，不敢不局（曲）。谓地盖厚，不敢不蹐（累足）。维号斯言，有伦有脊（理）。哀今之人，胡为虺蜴。瞻彼阪田，有菀其特（特生之苗）。天之扤（动）我，如不我克。彼求我则，如不我得。执我仇仇（如仇），亦不我力（不用我）。心之忧矣，如或结之。今兹之正，胡然厉矣。燎之方扬，宁或灭之。赫赫宗周，褒姒灭之。

此诗直说褒姒祸国，当时民心已去，怨言四起。古代最迷信天变地异。《周语》记"二年西周三川地震"，又记"三川竭，岐山崩"。《诗》有"十月之交，朔日辛卯，日有食之"及"正月繁霜，我心忧伤"等句。皆因幽王暴政，风声鹤唳，联想及于种种神怪现象。而幽王仍执迷不悟，听信左右邪佞之徒。诗人叹之曰：

> 潝潝（相和）訿訿（相诋），亦孔之哀。谋之其臧，则具是违。谋之不臧，则具是依。我视谋犹，伊于胡厎。我龟既厌，不告我犹（谋）。谋夫孔多，是用不集。发言盈庭[①]，谁敢执其咎？如匪行迈谋（谋而不行），是用不得于道。（《小雅·小旻》）

此诗是写当年朝廷的真相，政局混乱，可见一斑。又因赋敛繁重，诗人叹曰：

> 维南有箕，不可以簸扬。维北有斗，不可以挹酒浆。维南有箕，载翕其舌。维北有斗，西柄之揭（柄西指）。（《小雅·大东》）

诗人又叹使役之不均，曰：

> 溥天之下，莫非王土。率土之滨，莫非王臣。大夫不均，我从事独贤。（《小雅·北山》）

[①] 整理者按：原书误作"廷"。

又有仕于乱世而自悔之诗，曰：

> 心之忧矣，其毒太苦。念彼共人，涕零如雨。岂不怀归，畏此罪罟。（《小雅·小明》）

当时家父亦作诗刺时政，幽王不悟。其诗曰：

> 不吊昊天，乱靡有定。式月斯生，俾民不宁。忧心如酲，谁秉国成？不自为政，卒劳百姓。驾彼四牡，四牡项（大）领。我瞻四方，蹙蹙靡所骋。方茂（盛）尔恶，相尔矛矣。既夷既怿（悦），如相酬矣。昊天不平，我王不宁。不惩其心，覆怨其正。家父作诵，以究（穷）王讻。式讹（化）尔心，以畜（养）万邦。（《小雅·节南山》）

据《诗序》说幽王时诗甚多，朱子以为不可尽信，今只略引数章。幽王后为犬戎所杀。诸侯迎立宜臼，是为平王，迁都雒邑，以避犬戎。丰镐旧都，顿时荒凉。诗人凭吊，感怀旧日太平景象，不免悲叹，所传有《黍离》之诗。平王崩，桓王立，王室日衰，政由方伯。诸侯自相吞并，争战不已。这时候诗人发生一种厌世思想，《王风·兔爰》之诗曰：

有兔爰爰，雉离于罗。我生之初，尚无为。我生之后，逢此百罹。尚寐无吪（动）。

此与唐人诗"安得中山千日酒，酩然直到太平时"同一心境，真堪悯叹。桓王崩，子庄王立，亦复不能振作。当时《诗》有《丘中有麻》一篇，系悲贤人受谗远谪。那时的政治情形，也就不问可知了。自后周室历传数王，终由弱而至于亡。

第二节　邶、鄘、卫史证

邶、鄘、卫实即卫地。郑氏《诗谱》曰：

> 邶、鄘、卫者，商纣畿内方千里之地。其封在《禹贡》冀州太行之东，北逾衡漳，东及兖州桑土之野。周武王伐纣，以其京师封纣子武庚为殷后。庶殷顽民，被纣化日久，未可以建诸侯，乃三分其地置三监，使管叔、蔡叔、霍叔尹而教之。自纣城而北谓之邶，南谓之鄘，东谓之卫。武王既丧。……三监导武庚叛，成王既黜殷命，杀武庚，封康叔于卫，使为之长。后世子孙稍并彼二国，混而名之。七世至顷侯，卫国政衰，变风始作。

卫国始祖康叔，传八世至武公，为人谨严方直。卫人有《淇奥》之诗，以美其盛德。是时幽王无道，武公作《宾之初筵》一篇，大发感慨。又作《抑》之诗以自警曰：

> 质（定）尔人民，谨尔侯度（法度），用戒不虞。慎尔出话，敬尔威仪，无不柔（安）嘉（善）。白圭之玷，尚可磨也。斯言之玷，不可为也。（《大雅·抑》）

此是一篇绝好的箴规。武公卒，子庄公立，不能继父志，小人在朝，君子在野。诗人叹之曰：

> 考（成）槃（盘桓）在陆，硕人之轴（盘桓不行之意）。独寐寤宿，永矢弗告。（《卫风·考槃》）

庄公娶东宫得臣之妹为夫人，是曰庄姜。庄姜甚美。诗人称其"手如柔荑，肤如凝脂，蝤首蛾眉"。然庄公又娶陈厉妫，其姊戴妫生子名完，庄姜养为己子，后立为桓公。庄公嬖妾，恃宠骄纵，无上下之分，庄姜悲忧作诗曰：

> 绿兮衣兮，绿衣黄里。心之忧矣，曷维其已。（《邶风·绿衣》）

庄公嬖妾生子州吁，立为公子，有宠好兵。《邶风·击鼓》之诗曰：

> 击鼓其镗（鼓声），踊跃用兵。土（土功）国城漕（邑名），我独南行。从孙子仲（当时军帅），平陈与宋。不我以归，忧心有忡。爰居爰处，爰丧其马。于以求之，于林之下。死生契阔，与子成说。执子之手，与子偕老。于嗟阔兮，不我活兮。于嗟洵（信）兮，不我信兮。

此假托夫妻离别之情话，以怨州吁之妄弄兵。这时州吁暴乱日甚，庄姜悲忧作诗曰：

> 终风且暴，顾我则笑。谑浪笑敖，中心是悼。

（《邶风·终风》）

此是庄姜自述悲恨州吁之诗。其后州吁竟杀桓公自立，石碏起兵诛州吁，迎立桓公之弟晋，为宣公。宣公淫乱，烝于其庶母夷姜。为其太子娶齐女，未入室而见其美，遂自娶之，国人为赋《新台》之诗。又杀其二子伋、寿。《邶风》有《二子乘舟》一篇，就是悲咏这事。当时卫国宫廷，如此秽乱，百姓也多弃其旧室，淫于新昏。《谷风》之诗，尝述妇人怨叹的说话：

> 不我能慉，反以我为雠。既阻我德，贾用不售。昔育恐育鞫①（穷），及尔颠覆。既生既育，比予于毒。（《邶风·谷风》）

宣公是时内纵淫欲，外好争战。《邶风·雄雉》之诗曰：

> 雄雉于飞，泄泄（缓飞）其羽。我之怀矣，自诒伊阻。雄雉于飞，下上其音。展矣君子，实劳我心。瞻彼日月，悠悠我思。道之云远，曷云能来。百尔君子，不知德行。不忮不求，何用不臧。

这也是托于寡妇思征人之词，以伤当时战乱之多。宣公卒，太子朔立，为惠公。惠公卒，子懿公立，好鹤及抵牛之戏，不务政事。翟人以兵伐卫，杀懿公。国人立戴公。戴公卒，弟毁立，是为文公。《左传》说"卫文公大布之衣，大帛之冠，务材训农，通商惠工"，自是百姓渐渐殷富，风俗返于淳朴。文公实是卫国中兴之君。宣公之时，淫风流行，男女多有佻达越礼的举动，现在大家却都鄙薄这种行为了。那时

---

① 整理者按：原书误作"鞠"。

有诗曰：

> 朝隮（升）于西，崇朝其雨。女子有行，远兄弟父母。乃如之人也，怀昏姻也。大无信也，不知命也。（《鄘风·蝃蝀》）

这就是讥刺失行的女子。文公能以身作则，所以风俗易于转移。方文公新立，实因齐桓公的援助，得到楚丘的封邑，建筑城市，诗人为作《定之方中》一篇。当时在朝诸臣，犹沿先代放荡的习惯，诗人为作《相鼠》。其后臣子多好善，贤士乐为之用，又有《干旄》之诗。文公卒，子成公立。成公卒，子穆公立。以下尚有二十世，皆与《诗经》无关，所以不用详述了。

第三节　郑风史证

《诗谱》曰：

> 初宣王封母弟友于宗周畿内咸林之地，是为郑桓公。今京兆郑县，是其地也。……幽王为犬戎所杀，桓公死之。其子武公，与晋文侯，定平王于东都王城，卒取……十邑之地。右洛左济，前华后河，食溱、洧焉。

据《史记·郑世家》，郑始祖桓公友，周厉王少子，宣王庶弟。宣王立二十二年，初封友于郑。桓公立二年，犬戎东侵，杀幽王，复杀桓公。郑人立其子掘突，是为武公，为周司徒。武公颇有令名。诗人咏之曰：

> 缁衣之宜兮，敝，予又改为兮。适子之馆兮，还，予授子之粲兮。

此国人美武公之德，言其礼爱贤才。"适子之馆"，是往见贤。"授子之粲"，是能养贤。所以武公的时候，郑国大治。武公夫人武姜，生二子，长为庄公，次为叔段。庄公既立，封段京城太叔，恃宠作乱，庄公讨平之。庄公卒，太子忽嗣位，为昭公。昭公有庶弟突在宋，宋庄公强祭仲立突，昭公奔卫。突立为厉公，祭仲专政。厉公谋杀祭仲，事泄[①]，出奔蔡。后十八世为康公，郑灭于韩。此是郑国史事的大概。

现在就要研究《郑风》多淫诗这个问题。《论语》上明说"郑声淫"，又说"放郑声"，倘是孔子果然删《诗》，为甚么将许多淫诗存留在内。所以后来有说《郑风》并没有淫诗的，有说孔子并没删《诗》的，无非要回护孔子大圣人的名

---

① 整理者按：原书误作"洩"。

誉，这也是传注家的苦心。兹先将他们两派的议论略述在下面，然后再加批评。

第一派说《郑风》并没有淫诗的，他们有两种理由：一种说淫声并非淫诗；一种说《郑风》多史诗，不可作淫词解。

那主张淫声并非淫诗的，如朱右曾《诗地理征》说：

> 《乐记》曰："郑卫之音，比于慢焉，淫佚之声，使人意靡、魄化、志气怠慢。"然言音言声，则非言诗矣。夫声音出乎虚入乎虚，故其发之也微，其感人也深。夫诗本于人心，流于人口，苟非鲜廉寡耻之尤甚者，未有口宣淫词而不恶，耳闻淫讴而不怍者。故声音之与诗，未可同日语也。

先前郑樵诸人，亦偶有此种论调，朱右曾又说：

> 《白虎通》曰："夫子谓郑声淫何？郑国人民，山居谷浴，男女错杂，为郑声以相悦怿，故邪僻，声皆淫色之声也。"夫天下未有俗淫而声不淫者，声之淫，俗为之也。未有政淫而俗不淫者，俗之淫，政为之也。而其终极，则以声之淫，淫人之心，而浸以成俗。夫子谨其所感，班固原其所繇，其致一也。（《诗地理征》）

朱氏既说淫声可流为淫政、淫俗。淫声为甚么不可以流为淫诗？他的说法，可谓不攻自破了。

那主张《郑风》多是史诗的，就是《诗序》。今略将他列在下面："《将仲子》，刺庄公也。不胜其母，以害其弟。弟叔失道，公弗制。""《叔于田》，刺庄公也。叔处于京，缮甲治兵，以出于田，国人悦而归之。""《大叔于田》，刺庄公也。叔多才而好勇，不义而得众也。""《清人》，刺文公也。高克好利，言古之君子，以风其朝焉。""《遵大路》，思君子也。庄公失道，君子去之，国人思望焉。""《有女同车》，刺忽也。郑人刺忽之不昏于齐。""《褰裳》，思见正也。狂童恣行，国人思大国之正己也。""《出其东门》，闵乱也。公子五争，兵革不息，男女相弃。"他都附会《春秋》经传的事实，来解释郑诗。但细看诗的本文，总觉得有些牵强。所以朱《传》就有许多不用《序》说，直称他做"淫奔之诗"。崔述《读风偶识》驳《叔于田》二篇，并非刺叔段之诗，说得最好：

> 共叔，国君之介弟也。诗人果称美之，当举卿大夫士以为拟，乃仅曰"巷无居人""巷无服马"，彼共叔者，岂但与里巷之人较优劣者乎？共叔之在郑也，如二君矣。收二郑以为己邑，其目中岂复有庄公者？而诗曰"襢裼暴虎，献于公所"，彼共叔

者，岂尚肯获禽而献于庄公者乎？……取二篇之诗，逐文而求其义，未见有一言之合于共叔者，然则其非共叔明矣。(《读风偶识》三)

《有女同车》的诗，《序》说是刺太子忽不昏于齐。我们参考《左传》记这事说：

> 公之未昏于齐也，齐人欲以文姜妻郑太子忽，辞。人问其故，太子曰："人各有耦，齐大，非吾耦也。《诗》云：'自求多福。'在我而已。大国何为？"君子曰："善自为谋。"

君子既说他善自为谋，何故诗人又要刺他？《扶苏》以下三篇，《序》也说是刺昭公。崔述论之曰：

> 《扶苏》以下三篇，《序》皆以为刺郑昭公。《扶苏序》云："刺忽也。所美非美然。"《萚兮序》云："刺忽也。君弱臣强，不倡而和也。"《狡童序》云："刺忽也。不能与贤人图事，权臣擅命也。"《朱子集传》则皆谓为淫奔之诗，而深辟言刺忽之谬。然近世说者，皆以为孔子删《诗》，不当存此淫诗，反以朱子之说为非是。余按淫诗不当存似也。然所

当删者,岂独淫诗哉?昭公为君,未闻有大失道之事。……昭公以前为庄公,射王图母,纳宋鲁之赂而与弑其君,皆王法所不容。然而郑人不之刺。昭公之后为厉公,逐太子而夺其位。……然而郑人亦不之刺。独昭公较为醇谨,虽无驾驭之才,亦无暴戾之事,谓宜郑人爱之惜之。然而连篇累牍,莫非刺昭公者,岂郑之人,皆拂人之性,好人之所恶而恶人之所好者乎?然则三诗之为淫奔与否,虽未可知,然决非刺忽,则断然无可疑者。(《读风偶识》三)

《郑风》二十一篇,只有《缁衣》一篇与史事适合,其他都不敢深信。朱《传》说他们多是淫奔之诗,也因为看他的词意实在相近。但孔子为甚么不删淫诗,这个问题马上就发生了,所以又有第二派的议论。

第二派是说孔子亦没有删《诗》。如《群经识小》上说:

> 观经传所引《诗》,逸者不及十之一。且其辞多雅正,亦不在可删之列。其所以逸者,或亡于夫子之前,非孔子删之。卫、郑、齐皆有淫诗,夫子不删,删者何等诗耶?

崔述《读风偶识》上说:

> 孔子删《诗》孰言之？孔子未尝自言之也，《史记》言之耳。孔子曰"郑声淫"，是郑多淫诗也。孔子诵《诗》三百，是《诗》止①有三百，孔子未尝删也。

孔子删《诗》与否，前章总论内，已经略略说过。现在我仍主张孔子曾经删《诗》，并主张《郑风》内也有淫诗。孔子删《诗》的体例是美刺兼收、贞淫并录，且看《大雅》中既颂文王之德，《小雅》中又刺幽王之乱。好的固可以做模范，坏的亦可以昭禁戒。假定孔子删《诗》，亦何必定要选成一部格言？况且儒家最慎重男女夫妇之道，孔子或者藉此表明郑国风俗之敝，以见其影响于国运之衰，亦是未可定的。

第四节　齐风史证

郑氏《谱》曰：

> 齐者，古少皞之世，爽鸠氏之虚。周武王伐纣，封太师吕望于齐，是谓齐太公，地方百里，都营丘。……成王用周公之法制，广大邦国之竟，而齐

---

① 整理者按：原书误作"正"。

受上公之地，更方五百里。……其子丁公，嗣位于王官。后五世哀公政衰，荒淫怠慢，纪侯谮之于周懿王，使烹焉。齐之变风始作。

《史记·齐世家》："成王命太公曰，东至于海，西至于河，南至于穆陵，北至于无棣。五侯九伯，实得征之。"因太公佐武王平天下，有大功，故得掌征伐之权，最为大国。三世至哀公，专好田猎游宴，当时有《还》之诗以刺之曰：

子之还（便捷之貌）兮，遭我乎峱之间兮。并驱从两肩（兽三岁，曰肩）兮，揖我谓我儇兮。子之茂（美）兮，遭我乎峱之道兮。并驱从两牡兮，揖我谓我好兮。

崔述不信此是刺哀公诗，以为"天下之刺人者，以其人为不肖也。乃反以其事加于己耳，曰我如是我如是，天下有如此之自污者"。朱子亦谓此诗系"猎者交错于道路，且以便捷轻利相称誉如此。其俗之不美可见"。今仍姑从《序》说。

哀公既荒淫不理政事，周王烹之，其弟胡公立。胡公为献公所杀，献公传武公，武公传厉公。厉公无道，国人杀之，子文公立。三传至襄公，襄公好淫，通其已嫁于鲁之女弟。《左传》载其事，诗人为《南山》之诗刺之曰：

南山崔崔（高大），雄狐绥绥（求匹之貌）。鲁道有荡，齐子由归。既曰归止，曷又怀止？

《齐风》十一篇，大半系诗人刺哀、襄二公失政所作。所有太公创业、齐桓定霸，那种大国之风，直是寻觅不出。只有《鸡鸣》一篇，规戒而有温婉的意思。其诗曰：

鸡既鸣矣，朝既盈矣。匪鸡则鸣，苍蝇之声。东方明矣，朝既昌（盛）矣。匪东方则明，月出之光。虫飞薨薨，甘与子同梦。会且归矣，无庶予子憎（不可因我使人憎子）。

《序》说以为"哀公荒淫怠慢，故陈贤妃贞女，夙夜警戒相成之道焉"。细说诗意，和平真挚，无怨刺之迹。倘能如此警戒，何难兴国定霸？所谓泱泱大国之风，或者就是指此吗？

第五节　晋诗（魏风、唐风）史证

郑氏《诗谱》曰：

魏者，虞舜、夏禹所都之地。在《禹贡》冀州，雷首之北，析城之西，周以封同姓焉。其封域南枕河曲，北涉汾水。昔舜耕于历山，陶于河滨。禹菲饮食而致孝乎鬼神，恶衣服而致美乎黻冕，卑宫室而尽力乎沟洫。此以一帝一王，俭约之化，于时犹存。及今魏君，啬且褊急，不务广修德于民，教以义方。其与秦、晋邻国，日见侵削，国人忧之。当周平、桓之世，魏之变风始作。至春秋鲁闵公元年，晋献公竟灭之，以其地赐大夫毕万。自尔而后，晋有魏氏。

又曰：

唐者，帝尧旧都之地。今日太原晋阳，是尧始居此，后乃迁河东平阳。成王封母弟叔虞于尧之故墟，曰唐侯。南有晋水。至子燮，改为晋侯。其封域在《禹贡》冀州，太行、太山之西，大原、大岳之野①。至曾孙成侯，南徙，居曲沃，近②平阳焉。昔尧之末，洪水九年，下民其咨，万国不粒。于时杀礼以救艰厄，其流乃被于今。当周公、召公共和之时，成侯曾孙僖侯，甚啬爱物，俭不中礼，国人闵

---

① 整理者按：原书误作"恒山之西，太原、太岳之野"。
② 整理者按：原书误作"居"。

之,唐之变风始作。其孙穆侯,又徙于绛云。

魏国事史无他记载,《魏风》有诗七篇。据《序》《传》所说,只知他是一个最俭啬的国家。苏氏以为:"魏地入晋久矣,其诗疑皆为晋而作,故列于《唐风》之前,犹邶、鄘之于卫也。今按篇中公行、公路、公族皆晋官,疑实晋诗。又恐魏亦尝有此官,盖不可考矣。"他们都说魏是以俭亡国。惠周惕《诗说》曰:

> 俭非恶德,而魏以之亡国,何哉?盖俭之极者必贪,《伐檀》《硕鼠》所以作也。

但崔述又谓刺俭之说,也不足信。《读风偶识》曰:

> 《葛屦》《汾沮洳》二诗,《序》皆以为刺其君之俭啬。《朱传》采《序》刺俭之说,而疑其非刺君。然玩其辞亦并不似刺俭者。象揥在辟,如玉如英,皆就容仪修饰之美言之,似讥其华而不实者。宁有刺人之俭,而叹其美好者哉?褊狭也,狭则不能尊贤容众,非俭之谓。而采莫、采桑,亦诗人记兴之常,如采苓、采蕨、采杞之属,非谓公族自樵采于野也。……俭者,人之美德,出之于君大夫尤

难。……履霜、采莫，不过藉以起兴。执此为俭之证，误矣。

崔氏所说虽辨，但俭啬太过，亦不能立国。《十亩》之诗，《序》言"其国削小，民无所居"。朱《传》谓"政乱国危，贤者不乐仕于其朝"。俭不中礼，便也无所谓德了。传、注每有相矛盾处。如郑《笺》《园有桃》诗，说"魏君薄公税，省国用，不取于民，食园桃而已"。及解《硕鼠》诗，又云"疾其税敛之多也"，二说刚刚相反。古来说《诗》的人，恐怕也免不了望文生义，但是俭啬之极，变为贪鄙（如上引《诗说》），也有这个道理。凡事总要适合情理，不可太过不及，治国也是一样。《葛屦》诗曰：

纠纠（寒意）葛屦，可以履霜。掺掺（纤纤）女手，可以缝裳。要（裳腰）之襋（衣领）之，好人服之。好人提提，宛然左辟，佩其象揥。维是褊心，是以为刺。

《葛屦》是刺褊的诗。《毛传》曰："妇人三月庙见，然后执妇功。"诗人的意思，是说比方新妇初来，你马上就要叫他替你缝裳，是一种不近人情的事，好似拿葛屦来履霜。人君治国，倘别的不管，一味吝啬，上行下效，民间必定要逼着新嫁娘做活。这就是郑氏所谓不务广修德于民,不教以义方的流弊了。

唐叔虞为晋始祖,传八世,至穆公。四年娶齐女姜氏为夫人。七年伐条,生太子仇。十年伐千亩,生少子成师。《左传》桓公二年,师服曰:

> 异哉君子之名子也。……嘉耦曰妃,怨耦曰仇,古之命也。今君命太子曰仇,弟曰成师。乱始兆矣。兄其替乎?

二十七年穆侯卒,弟殇叔自立。太子仇出奔,后仇又袭殇叔自立,是为文侯。文侯卒,子昭侯立,封成师于曲沃。师服又曰:

> 吾闻国家之立也,本大而末小,是以能固。……今晋甸侯也,而建国。本既弱矣。其能久乎?(《左传》桓公二年)

成师即桓叔,桓叔在曲沃,日益强大。诗人作《扬之水》一篇曰:

> 扬之水,白石凿凿。素衣朱襮(领),从子于沃。

既见君子,云何不乐?

《诗序》曰:"《扬之水》,刺昭公也。昭公分国以封沃。沃盛强,昭公微弱,国人将叛而归沃焉。"桓叔好行小惠,牢笼人心,人都愿从他于沃。后来晋臣果弑昭公而迎桓叔,昭公子孝侯起兵破之。八年桓叔卒,鳝代立于曲沃,为庄伯。十五年庄伯弑孝侯,晋人立孝侯子郄为鄂侯。鄂侯卒,晋人又立其子哀侯。及庄伯死,其子武公立于曲沃,不久便虏哀侯。诗人咏之曰:"椒聊之实,蕃衍盈升。"师服之言,到此就验了。自昭侯以来,因曲沃之侵扰,无岁不有兵事,征夫苦役,民不聊生。所以诗人叹曰:

肃肃(羽声)鸨(鸟名)羽,集于苞(丛生)栩(栎)。王事靡盬,不能艺稷黍。父母何怙①?悠悠苍天,曷其有所?(《唐风·鸨羽》)

此是当日征夫感慨兵役,不得养父母之词。其后武公迎立哀公弟缗为晋侯,未几灭晋,尽以其宝器献周釐王,釐王便封武公于晋,这时晋就完全被曲沃所并了。武公始有七章之服,诗曰:

---

① 整理者按:原书误作"怙"。

岂曰无衣七兮？不如子之衣，安且吉兮（侯始有七章之服）。（《唐风·无衣》）

这诗就是咏叹此事。武公卒，子献公立。五年伐骊戎，得骊姬。骊姬生奚齐，其娣生卓子。先是献公烝于齐姜，生太子申生，又娶二戎女，大戎狐姬生重耳，小戎子生夷吾。骊姬思废太子，赂外嬖梁五、东关嬖五说献公，使太子主曲沃，而重耳、夷吾主蒲与屈，献公从之，于是只有二姬之子在绛。骊姬复谮群公子而立奚齐。是时骊姬欲谋害三公子，卒杀申生。重耳逃于翟，夷吾逃于梁，事详《春秋左传》。至是献公左右，无复公族，终日为骊姬所惑，听信谗言。诗人刺之曰：

采苓采苓，首阳之巅。人之为言，苟亦无信。舍旃舍旃，苟亦无然。人之为言，胡得焉？（《唐风·采苓》）

这时晋国的现象，谗言外盛，骨肉内离。诗人叹之曰：

有杕（特）之杜（赤棠），其叶湑湑（盛貌）。独行踽踽，岂无他人？不如我同父。嗟行之人，胡不比

焉？人无兄弟，胡不佽（助）焉？（《唐风·杕杜》）

这诗《诗序》本说是刺晋武公，言曲沃强大之事。但细看其词，实与献公时情形相合，所以引在此处。崔述曰：

> 余按曲沃正晋之宗族，方患其强大有灭翼之势。而今反谓他人不如同姓，与其事正相反，朱子非之是也。然吾反覆读之，一何其与晋事若合符也。盖自昭侯以后，患在兄弟之相争夺。而自献公以后，则患在兄弟之相疑忌。桓、庄之族，谮富子而去之，献公尽灭桓、庄之族。骊姬之乱，诅无畜群公子，自是晋无公族。文公诸子，皆适他国。……襄灵以后，遂以为常。卒至公室衰微，六卿相并，而韩、魏、赵共分晋国，诗言若蓍蔡。然则是此诗与灭翼以前之事正相反，与献公之事酷相类。

献公失德，又连年用兵，二十三年间，战争十一次，人民室家离散。诗人咏曰：

> 葛生蒙楚，蔹（草名）蔓于野。予美亡此，谁与独处？角枕粲兮，锦衾烂兮。予美亡此，谁与独旦？（《唐风·葛生》）

献公卒，夷吾立，为惠公。重耳历游各国，归立为文公，遂成霸业，与齐桓并称。文公传数世至靖公，韩、赵、魏三家分晋，晋祀遂绝。

《唐风》首《蟋蟀》《山有枢》二章，《诗序》说《蟋蟀》是刺僖公之啬，《山有枢》是刺昭公之政荒民散。崔述独说这两篇是晋国霸业之所由来，今节录其说以备参考。崔述曰：

唐风何以首《蟋蟀》也？犹《齐风》之首《鸡鸣》也，所以著晋盛之所由来也。而《蟋蟀》之用意，较之《鸡鸣》尤美。《序》乃以为刺晋僖公俭不中礼。今观其词，但云"今我不乐，日月其除"，俭何在焉？且云"无已太康，职思其居"，刺何在焉？朱子以为岁晚务闲，相与燕饮而忧深思远者得之，然尚有未尽者。……"职思其居"，"居"谓现在所居之地。四民各有本业，先尽力于其所当务，而后以其余暇行乐，虽行乐而仍不忘本业也。"职思其外"，"外"谓意外所遭。本业虽已先尽，而事变之来无常，不可以为未必然而置诸度外。朱子所谓出平常思虑之所不及，当过而为之备是也。"职思其忧"，乐者忧之所伏。太乐则忧必至。……乐不忘忧，则不至有忧。……然则此三章者，即高宗不敢荒宁，文王小心翼翼之意。非陶唐之遗民，安能如是？第以勤俭美之，犹失其旨，况反以为刺俭。不但与诗意相凿枘，而与季札所言思深忧远者，亦大相径庭矣。

古人之言，有意本在此，而读之可以悟于彼者。读《山有枢》而益知唐俗之美也。盖惟其民勤于职业，所忧者远，而不肯苟目前之安。是故诗人以此劝之。使如陈、郑之风，淫靡是尚，则此诗不必作矣。且其所谓喜乐永日者，不过曳娄衣裳、驰驱车马，扫庭内而考钟鼓。使在今日，即为循分自守之人，初无放纵荒淫之事，而已满其愿，亦何其易足也。……然则古所云逸乐者，即后世之不自逸乐者也，况于不自逸乐者乎？吾故读《山有枢》而益叹唐俗之美，而知晋之必霸诸侯也。《序》乃为刺晋昭公政荒民散，将以危亡，与诗意全不类。

第六节　秦风史证

《诗谱》曰：

秦者，陇西谷名，于《禹贡》近雍州鸟鼠之山。尧时有伯翳者，实皋陶之子，佐禹治水。水土既平，舜命作虞官，掌上下草木鸟兽，赐姓曰嬴。历夏、商兴衰,亦世有人焉。周孝王使其末孙非子,养马于汧、渭之间,孝王为伯翳能知禽兽之言,子孙不绝,故封非子为附庸,邑之于秦谷。至曾孙秦仲,宣王又命作大夫,始有车马、礼乐、侍御之好。国人美之,秦之变风始作。

秦仲为周宣王大夫,有车马、礼乐、侍御之好。诗人美之曰:

> 有车邻邻(车声),有马白巅。未见君子,寺人之令(使)。阪有漆,隰有栗。既见君子,并坐鼓瑟。今者不乐,逝者其耋。(《秦风·车邻》)

至秦仲孙襄公,周有骊山之变,襄公将兵救周有功,平王封为诸侯,赐以岐以西地,始与诸侯通聘。《秦风·终南》之章曰:

> 君子至止,锦衣狐裘。颜如渥丹,其君也哉。

此诗就是喜襄公列于诸侯。襄公传九世,至缪公,勇敢有胆略,用百里奚,东服强晋,西霸戎夷。他死的时候,从死者百七十七人。秦之良臣子车氏三子奄息、仲行、鍼虎,

都是秦国贤士,也在其中。秦人赋《黄鸟》之诗曰:

> 交交黄鸟,止于棘。谁从穆公,子车奄息。维此奄息,百夫之特。临其穴,惴惴其栗。彼苍者天,歼我良人。如可赎兮,人百其身。

此诗深太息三子之死,古时殉葬这事,真是太无人道了。子罃代立,是为康公,冥顽不知治道,亦不如先公之求贤。《晨风》之诗刺之曰:

> 鴥(疾飞貌)彼晨风,郁彼北林。未见君子,忧心钦钦(忧而不忘之貌)。如何如何,忘我实多。山有苞栎,隰有六驳(梓榆)。未见君子,忧心靡乐。如何如何,忘我实多。

此言康公不知爱贤,贤者也就离心了。由康公二十一世至始皇帝,吞并六国,一统天下。

秦人上功乐战。《小戎》之诗曰:

> 俴驷孔群,厹矛鋈錞。蒙伐有苑,虎韔镂膺。交韔二弓,竹闭绲縢。言念君子,载寝载兴。厌厌良人,秩秩德音。(注见前)

此诗是出于妇人口吻。《诗序》谓:"襄公备其兵甲以西戎,国人则矜其兵甲,妇人能闵其君子。"朱《传》谓:"从役者之家人,先夸其车甲之盛如此,而后及其私情。盖以义兴师,则虽妇人亦知勇于赴敌而无所怨矣。"又,《无衣》之诗曰:

岂曰无衣?与子同袍。王于兴师,修我戈矛。与子同仇。

朱《传》曰:"秦俗强悍,乐于战斗。故其人平居而相谓曰,岂以子之无衣而与子同袍乎?盖以王于兴师则将修我戈矛而与子同仇也。其欢爱之心足以相死如此。"在太平无事的时候,而刻刻不忘战争。《秦风》这种发扬蹈厉的气概,真与郑卫靡靡之俗判若天渊,所以能扫灭六国而有余了。

第七节　陈风史证

《诗谱》曰:

陈者,大皞宓戏氏之墟。帝舜之胄,有虞阏父者,为周武王陶正。武王赖其利器用,与其神明之后,封其子妫满于陈,都宛丘之侧,是曰陈胡公,以备三恪,妻以元女大姬。其封域在《禹贡》豫州之东,其地广平,无名山大泽。西望外方,东不及明猪。大姬无子。好巫觋祷祈鬼神歌舞之乐,民俗化而为之。五世至幽公,当厉王时,政衰,大夫淫荒,所为无度。国人伤而刺之,陈之变风作矣。

陈始祖胡公满,传五世至幽公宁。《诗序》谓其"淫荒昏乱,游荡无度"。诗人刺之曰:

> 子之汤兮,宛丘之上兮。洵有情兮,而无望兮。坎(击鼓声)其击鼓,宛丘之下。无冬无夏,值其鹭羽。坎其击缶,宛丘之道。无冬无夏,值其鹭翿(翳)。(《陈风·宛丘》)

此诗写幽公游荡,情形宛然。后六世至厉公,数淫于蔡,蔡人杀之。经庄公、宣公、穆公、共公,至灵公,与其臣孔宁仪行父,通于征舒之母夏姬。诗人为《株林》之诗以刺曰:

> 胡为乎株林?从夏南。匪适株林,从夏南。驾我乘马,说(舍)于株野。乘我乘驹,朝食于株。

株林是夏姬之邑。夏南,征舒字。诗人忠厚,但言往从其子。灵公卒为徵舒所弑。陈后灭于楚。

《陈风》十篇，多邪侈放荡之语。《东门之池》诗曰：

> 东门之池，可以沤（浸）麻。彼美淑姬，可与晤歌。

朱《传》以为此男女会遇之词。又，《防有鹊巢①》诗曰：

> 防（堤）有鹊巢，邛（丘）有旨苕。谁侜（间隔）予美？心焉忉忉②。

朱《传》以为此男女有私，恐或有人间隔之词。然亦有高隐之咏，《衡门》诗曰：

> 衡门之下，可以栖迟。泌之洋洋，可以乐饥。岂其食鱼，必河之鲂？岂其取妻，必齐之姜？岂其食鱼，必河之鲤？岂其取妻，必宋之子？

此隐士之诗，亦出于一种消极的思想。见时混乱，所以

---

① 整理者按：原书误作"鹊巢"。
② 整理者按：原书误作"叨叨"。

甘于洁身远引。朱《传》将《陈风》中《东门之枌》[①]《东门之池》《防有鹊巢》《月[②]出》四篇都看做淫诗。崔述惟《东门之池》一篇持异论，其说曰：

> 《东门之池》，《序》以为疾其君之淫昏，思得贤女配之。案沤麻、沤苎，绝不见有淫昏之意。……朱子以为男女会遇之词，较为近理，然亦无由见其必然。细玩此诗，绝无狎亵之语，而有随遇而安之意，恐亦贤人安贫自得者所作。既息交而绝游，则惟有悦亲戚之情话耳。

第八节 桧、曹史证

《诗谱》曰：

> 桧者，古高辛氏火正祝融之墟。桧国在《禹贡》豫州，外方之北，荥波之南，居溱、洧之间。祝融氏名黎，其后八姓，惟妘姓桧者，处其地焉。周夷王、厉王之时，桧公不务政事，而好洁衣服。大夫去之，于是桧之变风始作。

---

① 整理者按：原书误作"树"。
② 整理者按：原书误作"日"。

桧国史事,《左传》及《史记》皆不载。只《国语·郑语》中有一段说:

> 桓公为司徒,甚得周众与东土之人,问于史伯曰:"王室多故。"史伯对曰:"王室将卑,戎、狄必昌,不可逼也。(中略)其济、洛、河、颍之间乎!是其子男之国,虢、郐为大。虢叔恃势,郐仲恃险,是皆有骄侈怠慢之心,而加之以贪冒。君若以周难之故,寄孥与贿焉,不敢不许。周乱而弊,是骄而贪,必将背君。君若以成周之众,奉辞伐罪,无不克矣。"

《诗序》谓《桧风·羔裘》之诗,刺大夫好洁衣服,逍遥游燕。《素冠》之诗,刺不能为三年之丧。《隰有苌楚》之诗,刺国君淫恣。《国语》"骄侈怠慢"一语,可谓恰中当时之病。此外有《匪风》诗一篇,近人以为即系刺桧仲受郑赂贿之事。《匪风》诗曰:

> 匪风发兮,匪车偈(疾驰貌)兮。顾瞻周道,中心怛(伤)兮。匪风飘兮,匪车嘌(不安)兮。顾瞻周道,中心吊兮。谁能烹鱼?溉(涤)之釜鬵(釜属)。谁将西归?怀之好音。

《诗序》曰:"《匪风》,思周道也。国小政乱,忧及祸难,而思周道焉。"朱右曾《诗地理征》曰:

  魏默深谓《匪风》当是王风之末篇。以愚考之,乃是刺桧仲之受郑帑贿也。桓公寄帑贿于桧,在幽王八年,越二年而有犬戎之难。《公羊传》言,先郑伯有善于桧公者,通其夫人,以取其国,夫人即《周语》所谓叔妘也,先郑伯则武公也。帑、孥字通,桓公以武公寄桧,武公遂夤缘以通其夫人。及平王之初,遂取其国。盖自寄孥以来,不过四五年耳。《匪风》之作,殆见帑贿之寄,为亡桧之征,欲以觉悟其主乎?夫帑贿之来,无端而至,故以发发之飘风兴。偈偈嘌嘌之车,疾驱而至,桧仲恬而受之。至使中薵有言,非由王朝无人,周道灭乎。吾国之士,是以顾而怛然也。末章言烹鱼烦则碎,治民烦则散。仲既恃势而不德,民将散矣,况又受郑之寄以促其亡乎?如有能还帑贿于郑者,犹可延旦夕之命,我将怀之好音矣。

《桧风》事无多证,今续述《曹风》。
《诗谱》曰:

曹者,《禹贡①》兖州陶邱之北地名。周武王既定天下,封弟叔振铎于曹,今日济阴定陶是也。其封域在雷夏、荷泽之野。昔尧游成②阳,死而葬焉。舜渔于雷泽,民俗始化,其遗风重厚,多君子,务稼穑,薄衣食,以致蓄积。夹于鲁、卫之间,又寡于患难,末时富而无教,乃更骄侈。十一世当周惠王时,政衰,昭公好奢而任小人,曹之变风始作。

《史记》曹始祖振铎,传二十四世至伯阳,为宋景公所灭。此外曹事无可证明。《诗谱》说昭公好奢,曹之变风始作,是指《蜉蝣》之诗:

蜉蝣之羽,衣裳楚楚。心之忧矣,于我归处。

《诗序》曰:"《蜉蝣》刺奢也。昭公国小而迫,无法以自守,好奢而任小人,将无所依焉。"昭公乃曹国第十四君,《左传》昭公之次即为共公。僖公二十八年,晋文公入曹,数其罪状,是"不用僖负羁,而乘轩者三百人"。单就乘轩三百人一项,曹国好奢的情形,也可以想见了。《候人》之诗曰:

---

① 整理者按:原书误作"禹"。
② 整理者按:原书误作"咸"。

彼候人兮，何（荷）戈与祋（殳）。彼其之子，三百赤芾（冕服之鞞）。维鹈在梁，不濡其翼。彼其之子，不称其服。维鹈在梁，不濡其咪（喙）。彼其之子，不遂其媾。荟兮蔚兮，南山朝隮（云气升腾）。婉兮娈兮，季女斯饥。

《诗序》以此诗是刺共公近小人，远君子。朱《传》以"三百赤芾"即指乘轩三百人之事。小人乘轩，故说"不称其服"。"季女斯饥"，是指君子。小人得志，君子自然要受饿了。此外尚有《下泉》一篇，《诗序》也说是刺共公的诗。惟《鸤鸠》一篇，不知所指。曹风只有四篇，曹国史事无征，我们也不必再为附会。

第四章 《诗经》的道德观

第一节 关于家庭的道德

吾国古代道德信仰,是以天为本原。关于天的春夏秋冬、寒来暑往,莫非一种自然的现象,他就应用这种自然的法则,来做人事上道德的标准,所以说"有天地然后有万物,有万物然后有男女"。人类的起原,是先由一男一女相合,才有了夫妇的关系。因为夫妇,就有了父子的关系,就有了兄弟的关系,就有了家族。各人有各人的家族,合起了就成了一国,各国合起来就成了天下。这种发生的次序,是再自然没有的了。他们把这自然发生的次序做道德的系统,定道德的范围。只要种子下得好,不怕他不会变成根荄,发生枝叶,这就叫做"一本万殊""一贯之道"。《尚书》颂帝尧之德,说他"光明俊德,以亲九族。九族既睦,平章百姓。百姓昭明,协和万邦。黎民于变时雍"。《大雅》颂文王之德,说他"刑于寡妻，至于兄弟，以御于家邦"，无非都是这个道理。所以有人说，中国古代只有个人的道德，没有公民的道德；只有家族的道德，没有国家的道德、社会的道德。因为中国古代的道德，确是以个人及家族为根据的。

现在先考究《诗经》与家庭道德的关系。

一、孝道

古代最重孝道，《诗经》中亦不少孝子之诗。《小雅·蓼莪》之篇曰：

> 蓼蓼者莪，匪莪伊蒿。哀哀父母，生我劬劳。蓼蓼者莪，匪莪伊蔚。哀哀父母，生我劳瘁。瓶之罄矣，维罍（酒器）之耻。鲜（寡）民之生，不如死之久矣。无父何怙，无母何恃。出则衔恤（忧），入则靡至。父兮生我，母兮鞠我。拊我畜我，长我育我。顾我复我，出入腹（怀抱）我。欲报之德，昊天罔极。南山烈烈（高大），飘风发发（疾）。民莫不穀（善），我独何害。南山律律（高大），飘风弗弗。民莫不穀，我独不卒。

此诗语意凄挚。盖因幽王暴政之下，征役不息，孝子不得终养，真所谓忠孝不能两全了。《小雅·北山》之诗曰：

> 陟彼北山，言采其杞。偕偕士子，朝夕从事。王事靡盬，忧我父母。溥天之下，莫非王土。率土之滨，莫非王臣。大夫不均，我从事独贤。四牡彭彭，王事傍傍。嘉我未老，鲜我方将（壮）。旅力方刚，经营四方。或燕燕居息，或尽瘁事国。或息偃在床，或不已于行。或不知叫号，或惨惨劬劳。或栖迟偃仰，或王事鞅掌。或湛乐饮酒，或惨惨畏咎。或出入风议，或靡事不为。

此诗刺幽王使役不均，独劳于王事，不得养父母。上两诗皆可见当时社会尊崇孝道，然孝道不仅对于生人，必当事死如事生，所以又最重祭祀。《诗经》中每有叹慕祖先盛德之语。宣王是中兴明主，尹吉甫美之，仅说他能"古训是式""缵戎祖考"。文王之圣，《大雅·思齐》篇中，也称道他"惠于宗公，神罔时怨"。此外《周颂》《商颂》几于都是些祭祀的诗篇。这就是慎终追远、民德归厚的道理了。

二、妇德

中国古代，重男女之别，主张"内言不出于阃，外言不入于阃"，妇人干涉政治，尤为大忌。幽王听信褒姒，为诗人所痛恨。《大雅·瞻卬》之诗曰：

> 哲夫成城，哲妇倾城。懿厥哲妇，为枭为鸱。

妇有长舌，维厉之阶。乱匪降自天，生自妇人。匪教匪诲，时维妇寺（奄人）。鞫（穷）人忮（害）忒（变），谮始竟（终）背（反）。岂曰不极，伊胡为慝？如贾三倍，君子是识。妇无公事，休其蚕织。天何以刺，何神不富？舍尔介（大）狄（夷狄），维予胥（相）忌。不吊不祥，威仪不类。人之云亡，邦国殄瘁。

此诗虽刺幽王，亦可见当时对于妇德的一般思想。这种"哲妇倾城"及"牝鸡司晨，为家之索"的话，就是最流行的格言了。

当时民俗似极粗野，社会上所要求的妇人道德好像也有多种。第一是要"男女有伦"。齐襄公通其女弟，诗人作《南山》诗刺之曰：

南山崔崔，雄狐绥绥。鲁道有荡，齐子由归。既曰归止，曷又怀止？葛屦五两，冠绥双止。鲁道有荡，齐子庸止。既曰庸止，曷又从止？艺麻如之何？衡从其亩。取妻如之何？必告父母。既曰告止，曷又鞫止。析薪如之何？匪斧不克。取妻如之何？匪媒不得。既曰得止，曷又极止？

此诗刺襄公,又举出当时娶妻礼俗,不能苟合乱伦。第二就是要"女子贞操"。《召南·行露》诗曰:

厌浥行露,岂不夙夜?谓行多露。谁谓雀无角,何以穿我屋?谁谓女无家,何以速我狱?虽速我狱,室家不足。谁谓鼠无牙,何以穿我墉?谁谓女无家,何以速我讼?虽速我讼,亦不女①从。

《诗序》谓此诗是说贞信之教兴,强暴之男不能侵陵贞女,可见当时重视"贞操"了。第三就是要"辅相丈夫"。《齐风·鸡鸣》之诗,已引在前章,形容贤妇能小心警励其夫,不致专贪逸乐误了事业。又,《周南·卷耳》诗曰:

采采卷耳,不盈顷(欹)筐。嗟我怀人,置彼周行(大道)。陟彼崔嵬,我马虺隤。我姑酌彼金罍,维以不永怀。陟彼高冈,我马玄黄。我姑酌彼兕②觥,维以不永伤。陟彼砠(石山戴土)矣,我马瘏(病)矣,我仆痛(病)矣。云何吁矣!

《诗序》以为此诗是后妃欲辅佐君子,求贤审官,朝夕

---

① 整理者按:原书误作"汝"。
② 整理者按:原书误作"兜"。

思念，至于忧勤。据此看来，辅相丈夫，也是女德上的要件，所以自来说要有贤内助了。第四就是要"奉祭祖宗"。《召南·采蘩》诗曰：

> 于以采蘩？于沼于沚。于以用之？公侯之事。于以采蘩？于涧之中。于以用之？公侯之宫。

又，《采蘋》诗曰：

> 于以采蘋？南涧之滨。于以采藻？于彼行（流）潦。于以盛之？维筐及筥①。于以湘（烹）之？维锜（釜类）及釜。于以奠之？宗室牖下。谁其尸之？有齐季女。

此两诗皆称妇人能采集祭品，谨奉祭祀，也是妇德之一种。那时社会流行多妻制度，若是天子、诸侯，妾媵尤众，故妇人又要不嫉妒，这叫做"逮下之德"。《周南·樛木》之诗曰：

> 南有樛（下曲）木，葛藟累之。乐只君子，福履

---

① 整理者按：原书误作"莒"。

绥（安）之。

木之下曲的，叫做"樛木"。木能下曲，葛藤也就易于攀缘附随。此外，《召南·小星》之诗，亦美夫人无妒忌之行。《江有汜①》之诗，又美妾媵之勤而无怨。然嫉妒是恋爱之变形，那时妇人虽不能不服从道德的权威，究竟心中也免不了悲恨。譬如卫庄公淫纵，日与妾媵相处。庄姜美容贤德，无所告诉。赋《日月》之诗曰：

> 日居月诸，照临下土。乃如之人兮，逝不古处。胡能有定？宁不我顾。日居月诸，下土是冒。乃如之人兮，逝不相好。胡能有定？宁不我报。日居月诸，出自东方。乃如之人兮，德音无良。胡能有定？俾也可忘。日居月诸，东方自出。父兮母兮，畜我不卒。胡能有定？报我不述（循）。（《邶风·日月》）

卫国淫风流行。有一妇人，因其夫眷恋新欢，不相顾念，心中怨愤，有《谷风》之诗曰：

---

① 整理者按：原书误作"泛"。

习习谷风，以阴以雨。黾勉同心，不宜有怒。采葑采菲，无以下体。德音莫违，及尔同死。行道迟迟，中心有违。不远伊迩，薄送我畿。谁谓荼苦，其甘如荠。宴尔新昏，如兄如弟。泾以渭浊，湜湜（清）其沚（水渚）。宴尔新昏，不我屑以。毋逝我梁，毋发我笱（竹制取鱼器）。我躬不阅，遑恤我后。就其深矣，方（桴）之舟之。就其浅矣，泳之游之。何有何亡，黾勉求之。凡民有丧，匍匐救之。不我能慉，反以我为仇。既阻我德，贾用不售。昔育恐育鞫（穷），及尔颠覆。既生既育，比予于毒。我有旨（美）蓄，亦以御冬。宴尔新昏，以我御穷。有洸（武）有溃（武貌），既诒我肄（劳）。不念昔者，伊余来塈（息）。

此外，尚有《邶风》之《终风》《绿衣》两篇，为庄姜伤己之诗。《王风·中谷有蓷》，亦系妇人怨夫。《诗经》中每有叹国政、刺时君的诗，他偶然选录男女怨谶之词，也是不足为奇了。

三、友爱

父子夫妇以外，家庭间的道德就是兄弟。《小雅·常棣》之诗曰：

常棣之华，鄂不铧铧（光明）。凡今之人，莫如兄弟。死丧之威，兄弟孔怀。原隰裒（聚）矣，兄弟求矣。脊令（水鸟）在原，兄弟急难。每有良朋，况也永叹。兄弟阋于墙，外御其务（侮）。每有良朋，烝（发语声）也无戎（助）。丧乱既平，既安且宁。虽有兄弟，不如友生。傧（阵）尔笾豆，饮食之饫。兄弟既具，和乐且孺。妻子好合，如鼓瑟琴。兄弟既翕，和乐且湛。宜尔室家，乐尔妻孥。是究是图，亶（信）其然乎。

这诗《序》说以为闵管、蔡失道而作，颇能说明兄弟间应当友爱之理。此外朋友之伦，也是从兄弟推广出去的。《小雅》有《伐木》之诗，是咏求友之意。

第二节　关于个人的道德

我们现在常常听见说，个人是社会的一分子，是国家的一分子。然则就伦理上观察，似乎应当以社会国家为本位了。但是我国古代学说总是以一身为本，集身就成了家，集家就成了国。一身正则一家正，一家正则一国正，所以先要造成个人完全的道德。我们据《诗经》上看起来，关于个人道德的，也着实不少。今约略把他写在下面。

一、厚重

古代的道德，最讲究的是厚重。那种轻佻刻薄的行为，是社会所不取的。你看他们对于祖先那种丧葬祭祀、慎终追远的道理，何等郑重，对于社会也是一样。《召南》之诗说："蔽芾甘棠，勿翦勿败，召伯所憩。"他们因尊敬召伯，这甘棠树是他曾经休息过的，便要永远保护，以表示他们崇拜的诚心。这种意思真是难得。就如《谷风》之诗，妇人已为其夫所弃，虽不免怨愤，然他说"毋逝我梁""毋发我笱"，尚有一段恋恋不忘之意，发于至情。臣民之对于君上，也是如此。《唐风·羔裘》诗曰：

> 羔裘豹袪（袂），自我人居居。岂无他人？维子之故。羔裘豹褎（袖），自我人究究，岂无他人？维子之好。

此诗说君上暴戾，民不聊生，然为臣民的，尚不肯别事他君，以图一身之安荣，也是厚于故君的缘故。又，《小雅·十月之交》诗曰：

> 悠悠我里，亦孔之痗。四方有羡（余），我独居忧。民莫不逸，我独不敢休。天命不彻（均），我不敢傚我友自逸。

此诗是说一身所居之地,虽遇危难。亦要取忍耐的态度,奋力向前,不敢轻于休息。这都是出于厚重的美德呀。

二、谨慎

与厚重相连的,就是谨慎的德行,但能存心恭敬,行为自然合乎规矩。《小雅·桑扈》之诗曰:

> 不戢不难,受福不那。

"戢"字作"敛"字解,"难"字作"慎"字解,"那"字作"多"字解。能敛能慎,则受福自多。又,《周南·兔罝》曰:

> 肃肃兔罝,椓之丁丁。赳赳武夫,公侯干城。

"丁丁"是一心不怠之意。椓木能一心不怠,尚可以为公侯干城,愈见凡事都要持以敬谨之心了。其他如《小弁》诗说"维桑与梓,必恭敬止",《大雅·抑》之诗说"敬慎威仪,维民之则",何莫非以谨慎为终身的根本呀。

三、克己

厚重的人同谨慎的人,多半是能克己的。克己也是当时道德的一种,凡事都不许纵欲。《小雅·小宛》诗曰:

> 人之齐圣，饮酒温克。

这是戒人不要纵口腹之欲，也就是作圣之基了。当时妇人也能如此。《秦风·小戎》曰：

> 小戎俴（浅）收（轸），五楘（历录貌）梁辀（辀如屋梁形）。游环（靷环）胁驱（衡前皮具），阴靷鋈（白金）续（金饰续靷）。文茵畅（长）毂，驾我骐馵（马左足白曰馵）。言念君子，温其如玉。在其板屋，乱我心曲。四牡孔阜，六辔在手。骐骝是中，騧骊是骖。龙盾（盾上画龙）之合，鋈以觼軜（骖内辔）。言念君子，温其在邑。方何为期，胡然我念之。俴驷孔群，厹矛（三隅矛）鋈錞（矛下端）。蒙伐（盾）有苑（文貌），虎韔镂膺（马胸带）。交韔二弓，竹闭（弓檠）绲縢（绳约）。言念君子，载寝载兴。厌厌良人，秩秩德音。

从军之事，生离死别。说到"乱我心曲""载寝载兴"，可见思慕之深了。然到底没有怨恨之言，能够服从大义，抑制情爱。非克己道德之普及，何能如此？

四、勤俭

《诗经》亦奖励勤与俭之德。如《小雅·庭燎》诗曰：

> 夜如何其？夜未央，庭燎之光。君子至止，鸾声将将（和）。

此诗是说王将早朝，不安于寝，时时起问夜之早晚。至言俭德的，有《羔羊》诗曰：

> 羔羊之皮，素丝五紽。退食自公，委蛇委蛇（自得貌）。（《召南·羔羊》）

此诗是说在位的人，节俭正直，衣服有常，并具从容自得之概。

第三节　关于国家的道德

上节已说吾国古代道德以个人为本，对于国家的道德，似乎缺乏。却是三百篇中，细看起来，也不是绝无奉公爱国之义。譬如《豳风·七月》诗，有"言私其豵，献豜于公"之句，《小雅·大田》诗，有"雨我公田，遂及我私"之句。《周颂·臣工》诗，有"敬尔在公"之句，但都是零章断句，并非成大段文字。《鄘风·载驰》篇，为许穆夫人作，忧心祖

国,当推为爱国诗歌之冠。其诗曰:

> 载驰载驱,归唁卫侯。驱马悠悠,言至于漕(邑名)。大夫跋涉,我心则忧。既不我嘉,不能旋反。视尔不臧,我思不远。既不我嘉,不能旋济。视尔不臧①,我思不閟(闭)。陟彼阿丘,言采其蝱(贝母)。女子善怀,亦各有行。许人尤之,众稚且狂。我行其野,芃芃其麦。控(诉)于大邦,谁因谁极。大夫君子,无我有尤。百尔所思,不如我所之。

许穆夫人,卫宣姜女,闻卫为狄所破,意欲驰归,纯出乎爱国热心,而许人不知其忧,以为狂稚,其诗亦楚楚动人。又,《王风·黍离》诗曰:

> 彼黍离离,彼稷之苗。行迈靡靡,中心摇摇。知我者谓我心忧,不知我者谓我何求。悠悠苍天,此何人哉!

周东迁以后,大夫行过故都,宫室尽为禾黍,因此悲叹作诗。然《载驰》则有狂稚之尤,《黍离》又有不知我之慨,

---

① 整理者按:原书误作"临"。

可见当时一般社会，不甚重视爱国思想了。

《诗经》上表现国家观念的地方，为什么很少？研究起来，不外以下三种原因：

第一，古代伦理思想以个人对家族为第一种义务，对国家为第二种义务。

古代的思想，道德是由个人发达的，国家是由家族集合的，所以他根本上就把家族的关系，看做在国家之上。《小雅·四牡》之诗曰：

> 四牡騑騑，周道倭迟（远貌）。岂不怀归？王事靡盬，我心伤悲。四牡騑騑，啴啴（众盛）骆马。岂不怀归？王事靡盬，不遑启处。翩翩者鵻[①]，载飞载下，集于苞栩。王事靡盬，不遑将父。翩翩者鵻，载飞载止，集于苞杞。王事靡盬，不遑将母。驾彼四骆，载骤骎骎。岂不怀归？是用作歌，将母来谂。

此是慰劳使臣之诗。使臣为国事远征，何等重大，乃一则曰"不遑将父"，再则曰"不遑将母"，每章皆有"岂不怀归"之句，很是恋恋不忘其家。又如《小雅·北山》诗说"大夫不均，我从事独劳"，《诗序》以为劳于从事，不得养其

---

① 整理者按：原书误作"雅"。

父母。《蓼莪》之诗说"哀哀父母，生我劬劳"，《诗序》以为孝子不得终养。细看诗中的口吻，因为国家的事耽搁了他们家族的义务，颇有大大不甘心的样子。他们向来以家族关系为第一种义务，国家关系为第二种义务，这也无怪其然了。

第二，《诗经》所经过的时代，没有完全成为巩固统一的国家，所以国家观念不能很强剧的发达。

中国建国虽有五千年，起初本是游牧民族，伏羲、神农、黄帝、尧、舜都是游牧的英雄。夏、商虽已确立王统，他那国家组织的程度，现在不甚明了。看来王者对于人民的关系，无非如恩主之对于奴仆。禹、汤这种开国的人物，人民不过用崇拜英雄的故智，一时承认他们的资格，及他们死去，便渐渐相忘了。到了周代才要著实制礼作乐，创造个具体的国家。但是在前数十年中，旧朝之余俗未革，后数十年中，东迁之事变又起，那创造国家的理想，始终未能实现。《诗经》除《商颂》仅有五篇外，其余都是周诗。人民经过些纷纷扰扰的时期，眼中并没看见过统一巩固国家的形状，哪里会有甚么国家观念呢？

第三，古代政治上向来只晓得服从个人，不晓得服从国家。

古来说天子，好比上天的儿子，好比上天命令派来的官吏，来统治天下的。《大雅·文王》曰：

穆穆文王，於缉（续）熙（明）敬止。假（大）哉天命，有商孙子。商之孙子，其丽（数）不亿（不止于亿）。上帝既命，侯于周服。

《大雅·大明》曰：

维此文王，小心翼翼。昭事上帝，聿怀多福。厥德不回，以受方国。天监在下，有命既集。文王初载，天作之合。在洽之阳，在渭之涘。文王嘉止，大邦有子。（注见前）

文王虽未践天子之位，却已经受了上天的命令，所以要小心翼翼昭事上帝，才能够子子孙孙，做这种统治天下的官职。《大雅·假乐》曰：

干禄百福，子孙千亿。穆穆皇皇，宜君宜王。不愆不忘，率由旧章。

后世的天子，也要照祖先的旧章，做那昭事上帝的事，才能受上天的保护，传国祚于无穷。《大雅·下武》曰：

昭兹来许，绳其祖武。于万斯年，受天之祜。

既能守祖宗的旧德，就能继续做上天的官职，自然人民也来服从了。《大雅·假乐》曰：

> 假乐君子，显显令德。宜民宜人，受禄于天。

《大雅·下武》曰：

> 媚兹一人，应侯顺德。永言孝思，昭哉嗣服（事）。

人民所服从的就是这一人，因为他自他祖先以来，得到上天的命令，有统治天下的特权。所服从的就是这一人的特殊的人格，并不是服从国家。

第五章 《诗经》的文艺观

第一节 诗形及诗韵

在第一章内，已经说过诗的来历及古时本有一种诗教。章学诚《文史通义》，他说后世的文体都出于战国，而战国的文体，又多半出于诗教。他的理由是："战国者，纵横之世也。纵横之学，本于古者行人之官。……至战国而抵掌揣摩腾说以取富贵，其辞铺张而扬厉，变本而加恢奇焉，不可谓非行人辞令之极也。孔子曰：'诵《诗》三百，授之以政不达，使于四方不能专对，虽多亦奚以为？'是则比兴之旨，讽谕之义，固行人之所肄也。纵横者流，推而衍之，是以能委折而入情，微婉而善讽也。九流之学……及其出而用世，必兼纵横……以文之。"他把纵横家来做后世文体的祖宗，又把诗教来做纵横家的祖宗，所以说后来一切文字都是诗教的子孙。但是我们现在要从实质上研究《诗经》的文艺，故在此仅略略叙述章氏这种宽泛的说法，其余就不烦征博引了。

我们第一先研究诗形。

《诗经》中所采诗篇，其形式大半都是四言，所以后人以《诗经》为四言诗之滥觞。研究文学的书，每说三言始于魏高贵乡公，五言始于李陵、苏武，六言始于谷永，七言始于汉武《柏梁诗》。此是指通篇用三言或七言者而言，倘若以一句两句作为标准，那《诗经》中也早就有了。譬如"祈父""肇禋"是二言诗，"绥万邦""屡丰年""振振鹭"等是三言诗，"关关雎鸠"等是四言诗，不必说了。又如"谁谓雀无角，何以穿我屋"是五言诗，"昔者先王受命""有如召公之臣"是六言诗，"如彼筑室于道谋""尚之以琼华乎而"是七言诗，"十月蟋蟀入我床下""我不敢效我友自逸"是八言诗。其后汉《郊祀歌》用三言，碑铭用四言，俳谐、倡乐用五言，乐府及六朝骈体用四言、六言，绝句、律诗用五、七言，哪一种形式不是由《诗经》开其端吗？

我们第二就研究诗韵。

《三百篇》都是有韵之诗，因为要有调和的音节来与乐器相合。《史记》说："三百五篇，孔子皆弦歌之，以求合《韶》《武》《雅》《颂》之音。"孔子自己也说："吾自卫反鲁，然后乐正，《雅》《颂》各得其所。"三百篇所用的韵，大概都差不多。陈第《毛诗古音考序》曰：

士人篇章，必有音节，田野俚曲，亦各谐声。岂以古人之诗而独无韵乎？盖时有古今，地有南北，字有更革，音有转移，亦势所必至。故以今之音读古之作，不免乖剌而不入，于是悉委之于叶。夫其果出于叶也，作之非一人，采之非一国，何"母"必读"米"，非韵"杞"、韵"止"，则韵"祉"、韵"喜"矣。"马"必读"姥"，非韵"组"、韵"黼"，则韵"旅"、韵"土"矣。"京"必读"疆"，非韵"堂"、韵"将"，则韵"常"、韵"王"矣。"福"必读"逼"，非韵"食"、韵"翼"，则韵"德"、韵"亿"矣。厥类实繁，难以殚举。其矩律之严，即唐韵不啻，此其故何耶？又《左》《国》《易·象》《离骚》、楚辞、秦碑、汉赋，以至上古歌谣、箴铭、颂赞，往往韵与诗合，实古音之证也。或谓《三百篇》诗词之祖，后有作者规而咏之耳。不知魏晋之世，古音颇存，至隋唐渐尽矣。

陈氏是说古代另有一种流行的古音，《三百篇》及上古其他有韵之文，都是遵守这种古音，来作他们押韵的标准。顾亭林、江慎修则谓这种古音的韵谱，就是《诗经》。当时押韵的，都是用《诗经》做韵谱。但这种韵谱是从何而来呢？最初是何人所定呢？他们也没有说明。我从前有一种臆说，说这种韵谱，是孔子删修《诗经》时所定的。因为各国采来的诗，音韵断无同一的道理，孔子将他来合于弦歌，有不协的也将他改定，所以说"乐正，《雅》《颂》各得其所"，后来就成了通用的韵谱（参看拙著《中国大文学史》二卷三十七页）。但是此事也无确证，我们对于韵谱的来历，只好存疑罢了。

我们现在姑且老老实实研究《诗经》押韵的办法。

一、每句用韵法。如：

> 终风且霾，惠然肯来。莫往莫来，悠悠我思。

（《邶风·终风》）

"霾"佳韵、"来"灰韵、"思"支韵，古韵相通。

> 有女同行，颜如舜英。将翱将翔，佩玉将将。彼美孟姜，德音不忘。（《郑风·有女同车》）

二、每句用韵，二句换韵法。如：

> 式微式微，胡不归？微君之故，胡为乎中露？

（《邶风·式微》）

三、每句用韵，后四句换韵法。如：

　　干禄百福，子孙千亿。穆穆皇皇，宜君宜王。不愆不忘，率由旧章。(《大雅·假乐》)

四、隔句用韵法。如：

　　野有死麕，白茅包之。有女怀春，吉士诱之。(《召南·野有死麕》)
　　谓天盖高，不敢不局。谓地盖厚，不敢不蹐。维号斯言，有伦有脊。哀今之人，胡为虺蜴？(《小雅·正月》)

五、隔句用韵，中间换韵法。如：

　　习习谷风，以阴以雨。黾勉同心，不宜有怒。采葑采菲，无以下体。德音莫违，及尔同死。(《邶风·谷风》)

六、全篇隔句韵，章首二句每句用韵法。如：

东门之栗,有践家室。岂不尔思,子不我即。(《郑风·东门之墠》)

泛彼柏舟,亦泛其流。耿耿不寐,如有隐忧。(《邶风·柏舟》)

七、前三句用韵法。如:

有冯有翼,有孝有德,以引以翼。岂弟君子,四方有则。(《大雅·卷阿》)

八、三句二韵法,如:

岂曰无衣七兮?不如子之衣,安且吉兮。(《唐风·无衣》)

九、五句三韵法,如:

夜如何其?夜未央,庭燎之光。君子至止,鸾声将将。

十、叠韵法。如:

> 呦呦鹿鸣，食野之苓。我有嘉宾，鼓瑟鼓琴。鼓瑟鼓琴，和乐且湛。我有旨酒，以燕乐嘉宾之心。
>
> (《小雅·鹿鸣》)(四、五句叠韵)

《诗经》韵法最不规则，有二句一解的，有三句、四句、五句、六句一解的，有二解、三解为一段的。每解每段中，亦有时换韵，都是纯任天籁，没有一定的格律。现在不过究《诗经》所有用韵的成法略说大概，也不必过于拘泥了。至于讲《诗经》音韵的专书，有陆德明的《释文》、吴棫的《毛诗叶韵补音》、陈第的《毛诗古音考》、顾炎武的《诗本音》。他们无非是说古诗叶韵的标准，于文学上没有多大关系。

第二节 《诗经》的修辞法

诗譬如一种无声的图画，一种无声的音乐，要使人看了，心理上自然发生种种趣味和情感。美的诗虽是从莫之为而为的天机中流出，然诗人也免不了用多少修辞的工夫，才能成就这不可磨灭的艺术。现在且把这部最古的诗，也用修辞的方法，略略加以研究。

一、譬喻法　要使文辞所表现的势力格外的明了，少不得要用譬喻的方法，这已经成了现在修辞学的常谈了。《诗》之六义中，本有比有兴，就是譬喻的意思。譬喻有直喻，有隐喻。如《邶风·柏舟》诗曰：

日居月诸，胡迭而微？心之忧矣，如匪浣衣。静言思之，不能奋飞。

又如《大雅·召旻》曰：

如彼岁旱，草不溃茂，如彼栖苴。我相此邦，无不溃止。

以上二条是直喻法。但《诗经》的特长，乃尤在隐喻法，即因物起兴。如《关雎》诗曰：

关关雎鸠，在河之洲。窈窕淑女，君子好逑。

雎鸠雌雄相随，如淑女之配君子，真是自然的好譬喻。《王风·兔爰》曰：

有兔爰爰，雉离于罗。我生之初，尚无为。我生之后，逢此百罹。尚寐无吪。

兔生得狡猾，所以能优游而安其生。雉有文有礼，就受罗网之灾。以比行恶得福，行善得祸，可谓确切了，但是

《诗经》的譬喻，每要含蓄有余，不肯一口说尽，或者是诗人温柔敦厚的道理呀。也有全篇用许多譬喻的，如《小雅·白华》诗曰：

> 白华菅兮，白茅束兮。之子之远，俾我独兮①。英英白云，露彼菅茅。天步艰难，之子不犹。滮②池北流，浸彼稻田。啸歌伤怀，念彼硕人。樵彼桑薪，卬烘于煁。维彼硕人，实劳我心。鼓钟于宫，声闻于外。念子懆懆，视我迈迈。有鹙在梁，有鹤在林。维彼硕人，实劳我心。鸳鸯在梁，戢其左翼。之子无良，二三其德。有扁斯石，履之卑兮。之子之远，俾我疧③兮。

此是周人刺幽王的诗。幽王娶申女为后，又得褒姒而黜申后，下国化之，以妾为妻。此诗分八章，就有八个譬喻。白茅无用之物，白菅有用之物，拿茅来束菅，好比宠妾而黜后，这是第一章。白云凝露，同时被于菅茅，无分彼此，不似幽王独有所薄，这是第二章。池水浸田，众苗并长，王者之泽，乃不及其后，这是第三章。桑薪祭宗庙所用，拿来烘

---

① 整理者按：原书误作"矣"。
② 整理者按：原书误作"彪"。
③ 整理者按：原书误作"疵"。

煤，岂不冤枉，这是第四章。褒姒丑声外闻，幽王不知，这是第五章。鸷贪而饱于鱼梁，鹤洁而馁于空林，好比冠履倒置、妻妾异位，这是第六章。鸳鸯相匹有常，那似幽王二三其德，这是第七章。升车必用扁石（《毛传》以扁为乘石貌。盖上车马履石而登此石，谓之乘石），治国必要内助，王疏申后，故功不显，这是第八章。《诗经》用譬喻的甚多。兹仅举一二为例，不更详引了。

二、叠语法及对句法　此二法能使声调流丽，文格严整。如《小雅·蓼莪》"父兮生我，母兮鞠我"及"南山烈烈，飘风发发"是对句。《大雅·公刘》之"乃场""乃疆①""乃积""乃仓"，《江汉》之"实墉""实壑""实亩""实籍"是叠语。《大雅·皇矣》诗曰：

作（拔起）之屏（去）之，其菑（木立死者）其翳（自死木）。修（平）之平之，其灌（丛生）其栵（行生）。启之辟之，其柽其椐。攘之剔之，其檿其柘。

又如《大雅·行苇》诗曰：

既醉以酒，既饱以德。君子万年，介尔景福。

---

① 整理者按：原书误作"彊"。

以上是叠语而兼对句的。此二法《大雅》及诸《颂》用得最多。《大雅·生民》诗曰:

厥初生民,时维姜嫄。生民如何?克禋克祀,以弗(祓)无子。履帝武(迹)敏(拇)歆(动),攸介(大)攸止。载震(娠)载夙(肃),载生载育,时维后稷。诞弥(终)厥月,先生如达(小羊)。不坼① 不副(裂),无灾无害,以赫厥灵。上帝不宁,不康禋祀,居然生子。诞置之隘巷,牛羊腓字之。诞置之平林,会伐平林。诞置之寒冰,鸟覆翼之。鸟乃去矣,后稷呱矣。实覃实讦,厥声载路。诞实匍匐,克岐克嶷,以就口食。艺之荏菽,荏菽旆旆。禾役穟穟,麻麦幪幪,瓜瓞唪唪。诞后稷之穑,有相之道。茀厥丰草,种之黄茂。实方实苞,实种实褎,实发实秀,实坚实好,实颖实栗。即有邰家室。诞降嘉种,维秬维秠,维穈维芑。恒之秬秠,是获是亩。恒之穈芑,是任是负,以归肇祀。诞我祀如何?或舂或揄(舂),或簸或蹂。释(淅米)之叟叟,烝之浮浮。载谋载惟,取萧(蒿)祭脂。取羝(牡羊)

---

① 整理者按:原书误作"拆"。

以軷（祭道神），载燔载烈。以兴嗣岁。卬（我）盛[①]于豆，于豆于登，其香始升。上帝居歆，胡臭亶时。后稷肇祀，庶无罪悔，以迄于今。

又，《周颂·执竞》之诗曰：

执竞武王，无竞维烈。不显成康，上帝是皇。自彼成康，奄有四方，斤斤其明。钟鼓喤喤，磬筦将将，降福穰穰。降福简简，威仪反反。既醉既饱，福禄来反。

上二篇几于全篇皆用叠语、对句而成。此外《颂》及《大雅》中，多有此例，不复具引。又有叠用前联中之一句，以为后联发端的。如《大雅·文王》曰：

亹亹文王，令闻不已。陈（敷）锡哉（语辞）周，侯文王孙子。文王孙子，本支百世。凡周之士，不显亦世。

又，《小雅·大东》诗曰：

---

① 整理者按：原书误作"承"。

> 维天有汉，监亦有光。跂彼织女，终日七襄。虽则七襄，不成报章。睆（明星貌）彼牵牛，不以服箱。

又如"有女如云，虽则如云"（《郑风·出其东门》）及"假哉天命，有商孙子。商之孙子，其丽不亿"（《大雅·文王》），都是一类的修辞法。

三、逐累进境法　逐层逼近，则文势较紧。如《小雅·巷伯》诗曰：

> 取彼谮人，投畀豺虎。豺虎不食，投畀有北。有北不受，投畀有昊。

又，《小雅·天保》曰：

> 天保定尔，以莫不兴。如山如阜，如冈如陵。如川之方至，以莫不增。

又，《大雅·常武》曰：

> 王旅啴啴，如飞如翰，如江如汉，如山之苞，

如川之流。

四、**奇警动人句法**　必有警策之句，乃可动人。如《大雅·生民》曰：

> 以赫厥灵，上帝不宁。不康禋祀，居然生子。诞寘之隘巷，牛羊腓字之。诞寘之平林，会伐平林。诞寘之寒冰，鸟覆翼之。鸟乃去矣，后稷呱矣。

他叙姜嫄至诚感天，由"居然生子"一句点出。他叙后稷安全得生，由"后稷呱矣"一句点出，何等奇警。

五、**省笔法**　诗文到紧要处，都要用省笔法，使道理愈含蓄愈能鞭辟近里，读者可以怡然领悟，得味忘言。倘只管拖沓累赘，望而生厌，就有精彩处，也容易被人忽略了。古代作者，尤不喜琐屑的说明。《诗经》中不少其例。《小雅·节南山》曰：

> 方茂尔恶，相尔矛矣。既夷既怿，如相酬矣。

这是说小人爱憎无常，一朝相争，便要动干戈，及至和好，马上就宾主献酬起来了，言简意深。《小雅·小弁》诗曰：

> 伐木掎矣，析薪扡矣。舍彼有罪，予之佗矣。

《毛传》说："伐木者掎其巅，析薪者随其理。""佗"字作"加"字解。盖伐木析薪，犹不欲将他妄蹈妄折了，何为舍有罪之人而加罪于我？《小雅·车攻》曰：

> 之子于征，有闻无声。允矣君子，展也大成。

此诗是叙宣王田猎。旷野阒然无车马之声，可见军纪严肃，士卒用命，片言而情景如画，真是省笔法的好处。又有用省笔法，而言外余趣所包甚广的，如《灵台》诗曰：

> 麀鹿濯濯，白鸟翯翯。王在灵沼，于牣鱼跃。

此篇仅述鱼鸟闲逸之状，而能活画一太平气象。又如《陈风·月出》诗曰：

> 月出皎兮，佼人僚①兮。舒窈（远）纠（愁结）兮，劳心悄兮。

---

① 整理者按：原书误作"缪"。

"劳心悄兮"一语，写出无数咨嗟叹息之声，都是言外大有余趣的。

以上数种是《诗经》修辞法中最通用的几个例子。此外尚有倒装句法，如《秦风·晨风》之"如何如何，忘我实多"，《大雅·卷阿》之"凤凰鸣矣，于彼高冈。梧桐生矣，于彼朝阳"。反语法，如《小雅》之"何草不黄，何日不行。何人不将，经营四方"，《陈风·衡门》之"岂其食鱼，必河之鲂？岂其取妻，必齐之姜"。写声法，如《秦风·终南》之"佩玉将将"，《小雅》之"伐木丁丁"，《庭燎》之"八鸾锵锵"。假问法，如《小雅·采绿》之"其钓维何，维鲂及屿"，《大雅·瞻卬》之"天何以刺，何神不富"，《小雅·頍弁》之"有頍者弁，实维伊何"。呼问法，如《庭燎》之"夜如何其？夜未央，庭燎之光"（"夜如何其"是呼而问之，下二句是答者之词），《邶风·柏舟》之"日居月诸？胡迭而微"（"日居月诸"亦是呼问之词），《小雅·祈父》之"祈父，予王之爪牙"（呼祈父名而问之）。又如加倍铺张法，如《小雅·正月》之"谓天盖高，不敢不局。谓地盖厚，不敢不蹐"，《大雅·常武》之"王旅啴啴，如飞如翰，如江如汉，如山之苞，如川之流"，《大雅·云汉》之"旱既太甚，则不可推，兢兢业业，如霆如雷。周余黎民，靡有孑遗"。凡后代修辞学家所苦心标出的格式，大半古诗人早已经应用了。